何が何だか

中野翠

毎日新聞出版

何が何だか

I　徒然雑記帳

2022年10・11月

2022年12月・2023年1月

2023年2・3月

2023年4・5月

II　シネマ・コラム

1　オヤジ顔のハティツェ

2「赤いやつ」の正体

3　翼が生えたら

Ⅰ　徒然雑記帳

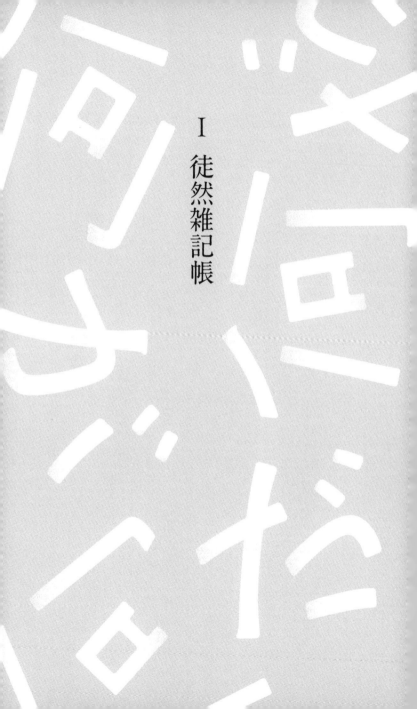

2022年 10・11月

ビル街のはざまゆるりと秋の雲

◉小さな旅◉緑の中で

大学時代、同じサークルだったトノイケ氏からメールあり。「久しぶりにウチに来ない？　Uさん（上級生の女の人）も来るから」というので、即、OK。

私は東京湾のそばに住んでいて、トノイケ氏は中央線の国立《くにたち》に住んでいる。そこそこ遠いのだけれど、国立には、ごく親しくしている女性編集者・Fさんも住んでいる。会いたいので、日帰りではなく一泊二日の旅にしようと、ホテルを予約。

すぐにトノイケ氏から詳細なファックスが送られてきた。どこそこで乗り換えるか、急行にするか快速にするか、駅からの順路はこれがベスト……うんぬんと、手取り、足取りといった、こまかさ。昔からそういう人なのだ。あい変わらずだなあ、と笑う。

指示通りに行動したので、迷うこともなく到着。すでに、同じサークルだったUさんとH君（一、二歳年下）が到着していた。

大学時代からトノイケ氏といっしょに住んでいたトノイケ夫人・マキちゃんも、髪が少し白くなっただけで昔と全然変わらない。

いったい何をしゃべり合っただろう。思い出せないくらい、ゲラゲラ笑い合った。

何しろ、入学して、まもなく授業料の値上げがらみの大学紛争に突入。大荒れの日々。私たちのサークルはバリバリの左翼だったので、暴れたあげく、警察に引っぱられた部員も何人か。それが日常になっていた……。

フト、窓の外を見たら、もうマックラ。ずうっと話していたかったけれど、翌日にはFさんとホテルで会う約束をしていたので、先に引きあげることにした。

＊

スマホで見たホテルの外観が気に入って予約したのだったが、広い庭園に小さな教会もある、なかなかオシャレなホテルだった。翌朝、Fさんと待ち合わせて、いっしょに国営の**「昭和記念公園」**へ。

思った以上に広い公園だった。大きな空。豊かな緑。都心の日比谷公園の何倍だろうか。へえーっ、都内にもこんな広大な公園があるんだ……と驚く。まったくもって、心が洗われるよう……と思いつつ、Fさんと、けっこう下世話なウワサ話をして、笑い合っているのだった。

私も老後は、こういう街で暮らしたい（すでにして老後か?）。大型犬も飼えるだろうし……という思いが、何度か頭の中をよぎったものの……。

うーん、実際となると、やっぱりゴチャゴチャした下町のほうが性《しょう》に合ってるのかもしれないなあ……とも思う。これから、ゆっくり考えよう……。

さて。帰宅してTVをつけると、ロシアvs.ウクライナのニュース。ど

満開のキバナコスモスを楽しむ人たち＝東京都立川市・昭島市の国営昭和記念公園で　2022年10月

うやら、ロシア兵たちの多くは、急に駆り集められたシロウトらしい。かわいそうじゃないか！　むごいじゃないか！　みんな、サッサと投降してくれ〜！

（２０２２年11月６日号）

◉不屈の人

これから公開される映画をチェックしていて、「あっ！」と目を見張った。二宮和也《かずなり》主演の『**ラーゲリより愛を込めて**』というタイトルの日本映画。

「第二次大戦後、シベリアに抑留され、収容所で亡くなった山本幡男《はたお》の遺書の映画化」と知って、私はピンと来たのだ。山本はるかさんのお父様の話に違いない、と。

山本はるかさんは（たぶん）私より四歳上。高校（女子高）の先輩で、私が尊敬していた国語教師から、山本家の話は聞いていたのだった。

私の親友・K子は東京外国語大学のロシア語科に進学。先輩に山本はるかさんがいた。外語大の学園祭の時だったか、ほんの数分、顔を合わせただけだったが、明るく、かわいい顔だちの人だった。お兄さんは東大とか。女手《おんなで》ひとつで子どもを育ててあげたお母様が偉かった……。

というわけで、映画『ラーゲリより愛を込めて』の試写会を待っていられず、原作の『**収容所《ラーゲリ》から来た遺書**』（辺見じゅん著、文春文庫）を書店で買って、一気に読んだ。いや、読まされた（あとで知ったが、『収容所から来た遺書』は、平成二年の大宅壮一ノンフィクション賞を受賞）。

「シベリアの九月は、すでに冬の始まりを告げている。数日前には初雪が降った」という書き出し

第35回東京国際映画祭のレッドカーペットに登場した、映画『ラーゲリより愛を込めて』の瀬々敬久監督（右）と主演の二宮和也さん

に、エッ、九月に雪なんだと驚く。一九四五年八月の敗戦で、旧満州などにいた日本兵たちはソ連軍に捕らわれ、すぐには日本へ帰国することもできず、収容所を転々とさせられていたのだった。

山本幡男はロシア語を話せたので、通訳をさせられていたのだが、だからといって優遇されていたということもない。食事もひどいもので、「一日に黒パンが三五〇グラム、朝夕にカーシャと呼ばれる粥《かゆ》が飯盒《はんごう》に半杯ずつか野菜の切れはしが二、三片浮かんだ塩味のスープ、砂糖が小さじ一杯支給されるだけだ。毎日が空腹との闘いだった」。

「体力のない者は栄養失調で、夜中にだれにも気づかれずひっそりと死んでいった。死ぬと、身体中にまとわりついていたシラミがいっせいに逃げだすのですぐに分かった」

そんな地獄の日々の中で、山本幡男は仲間たちに「勉強会でも始めませんか」と声をかける。初めは四人だけで、テーマは『万葉集』。山本の口から、次つぎと『万葉集』の歌がでてくるのには、みな、びっくりしたという。やがて、その集まりは句会となってゆく……。

帰国の希望がかなえられそうになった頃、山本は病に倒れる。山本を慕う人びとは、ある方法で彼の遺言を家族に伝えることを決意するのだった……。

読みながら、何度か涙。こんな、芯から明朗で、まっすぐで、へこたれない人がいたんだなあ、と。「知性」というものの力（いや、美しさか？）に圧倒されるところもあり。

さて。映画版はどうだろう。とにかく、映画版を通じて「こんな日本

人もいたんだ！」と感じてもらいたい。

（2022年11月13日号）

◉群衆雪崩◉ペルシャン・レッスン

本日（十月三十一日）、朝食をとりつつ新聞朝刊を広げたら、一面トップに「群衆雪崩か　邦人2人死亡」「ソウル・梨泰院《イテウォン》154人犠牲」という見出しがデカデカと。すぐにTVをつけて見る。「（ハロウィーンのイベントなどで多くの若者たちが集まり）身動きがとれない状況の中で次々に倒れ、下敷きになった人を助けようとする人たちが、また折り重なるように倒れる」という状況だったという。いわゆる「**群衆雪崩《なだれ》**」。

私は一九八〇〜九〇年代に友人と二度ほど韓国旅行をしたことがあったけれど（何しろ近いから）、もっぱら郊外や田舎を訪ねていたので、ソウルの印象は、あまり無い。中高年の人たちの視線に冷ややかなものを感じたが、若い男子たちは屈託なく、笑顔で話しかけてきた（そのうちの男子二人は、日本にやって来て再会。一人は就職活動。もう一人は、文通していた日本人の〝彼女〟にフラレたとかで、日本嫌いになっていた……）。

それからまもなく『冬のソナタ』とか、最近では『愛の不時着』とかをキッカケに、日本の女子たちの間で〝韓流ブーム〟というのがあり、私は内心、「こんな甘ったるい話が!?」とシラケたものの……。「あれっ、韓国映画、やっぱりスゴイんだ！」と思ったのは、ポン・ジュノ監督の一連の映画——『**殺人の追憶**』『**グエムル　漢江《ハンガン》の怪物**』『**母なる証明**』『**スノーピアサー**』、そして『**パ

ラサイト 半地下の家族』(二〇一九年)に圧倒されたのだ。
ポン・ジュノ監督は一九六九年生まれ(53歳)。まだまだ活躍できるはず。
なあんて、ソウルの「群衆雪崩」事故が、ついつい映画の話になってしまった。

＊

さて。十一月十一日公開予定の映画『ペルシャン・レッスン』が面白い(ロシア・ドイツ・ベラルーシの合作映画)。
第二次大戦下、ナチスドイツの強制収容所に入れられたユダヤ人が、自分はペルシャ人だと偽り、ナチス将校に(実はデタラメな)ペルシャ語を教え、脱出をはかる……という話。

ほぼ二人だけのやりとりになるわけだが、両者の心理合戦が面白く、目が放せない。スリリングでありながら、おかしみもあり。ナチス将校は冷血といえども、ペルシャ語レッスンをしているうちに、しだいに心を開き、将来の夢(イランでレストランを経営したい)まで、つい、口にしてしまう。ナチスの制服を一瞬、脱いでしまったかのように……。

つくづく映画とナチスの相性の良さ(?)を思わずにいられない。ナチスというもの、ある意味で「洗練された巨悪」だからだ

『ペルシャン・レッスン 戦場の教室』
HYPE FILM, LM MEDIA, ONE TWO FILMS, 2020 ©

ろうか。ナチス絡みの映画は数多く、また、傑作が多い（その中でベストと言ったら、やっぱり**『地獄に堕ちた勇者ども』**かな？）。

「脱獄もの」「脱出もの」の快感にめざめたのは、たぶん、『大脱走』（一九六三年）から。今、チェックしてみると上映時間百七十二分とある。エッ、そんなに長かった!?と驚く。子どもだったけれど、ジェームズ・コバーンが一番カッコイイと思っていた。

（２０２２年11月20・27日号）

◉貧乏おばちゃん◉久々の神保町

ある夜。ＴＶをザッピングしていて、フト、手が止まった。オバちゃんファッションの松坂慶子に「エッ!?」と驚き、すぐに「これは面白そう！」と思ったのだ。

どうやら連続ドラマで、その夜の放映は、初回ではなく第二回のようだった。新聞ＴＶ欄で確認すると、ＮＨＫの短期連続ドラマ**『一橋桐子の犯罪日記』**――。

松坂慶子演じる貧乏おばちゃんは、だいじな女友だちが亡くなって、ひとりぼっちに。夢も希望も失って、余生は刑務所で過ごしたいとまで思っている。何とかして刑務所入りをと願っているのに、あいにく犯罪者として認められることが無く……という皮肉な悲喜劇。

貧乏ファッションの松坂慶子。これが、何とも言えず「かわいい」。女のやさしさ、愛らしさ、あたたかさが伝わってくる（女ならではの大胆さも、ね）。

若さと美しさの絶頂だった『愛の水中花』時代を思い出さずにはいられない。あれからザッと四

『愛の水中花』時代の松坂慶子。1979年撮影

十年……。こういう役柄を面白く楽しく演じられる女優になっていたのね。ひとごとながら、嬉しい。

貧乏おばちゃんに松坂慶子をキャスティングした人もエライなあ、と思う。ほんと、他のキャスティングも、みごと。貧乏おばちゃんの、亡き親友役が由紀さおり。闇金業者に宇崎竜童。若いワルに岩田剛典《たかのり》、俳句仲間に草刈正雄や片桐はいり……。そう、貧乏おばちゃん、俳句をたしなんだりもしているのよね。

さて。このドラマ、終わってしまってガッカリ。松坂慶子の貧乏おばちゃん、一橋桐子さんに四季折々に会いたい、いや、観《み》たい。何とかならないか!?

＊

久しぶりに神保町近くの九段下へ。茨城在住の童画家（と言って、いいのかな?）のアキちゃんの個展を観に行く。田舎の風景の中に、キツネやニワトリなどが配された、ごく牧歌的な絵。私はアキちゃんと呼んでいたけれど、ほんとは滝かつとしという名前なので「タキちゃん」だ。

初めて会ったのは、うーん……もうザッと四十年ほど前か。親しくしていた編集者が「面白いヤツラがいるんだ」と言って、新宿のビルの一室に連れていってくれた。男子三、四人がいて、そのうちの二人は『**およげ！たいやきくん**』の作詞をした人とイラストを描いた人だった。『たいやき

くん』大ヒットで、大金がころがり込んで、二人は浮かれて、ラスベガスに行って散財したらしい。アキちゃんは『たいやきくん』にはタッチしていなかったけれど、のんきな人柄が愛されているのが、はためにもわかった……。

さて。アキちゃんの個展を見たあと、神保町へ。どうしたって坪内祐三さんを思い出さずにはいられない。勝手知ったる神保町とばかり、セッカチな早足で歩く、その後ろ姿。月に一度、神保町で読書会をしたものだったけれど、あとを継ぐ人は誰もいない……。

（2022年12月4日号）

◉メカ音痴◉好き嫌いの先に

恥ずかしながら、機械物というかメカニックな物に、とんでもなく弱い。電気製品を買いこむと、説明書がついているわけだが、まず、読む気にもなれず。しぶしぶ読んでも、まちがえてヘンなスイッチを押したら、爆発するんじゃないか!?と、おびえてしまうのだ。「ひとりもの」であることを残念に思うのは、こういう時だ。男だからといって電気製品や機械物に強いとは限らないものの、私よりはマシだろう。

さて。ある仕事でネットフリックスの映画を観なくてはならないことになった。どうやったら観られるのか調べるのも気が重く、なじみの電器屋I氏に「助けてください」と電話。すぐに来てくれて、とりあえず解決。

I氏によると、今は簡単にネットフリックスに対応するTVもあるという。仕方ない、そうするか……。来年夏に新しいマンション（もっか隣で建築中）に引っ越す予定なので、その時に買い替えようか……。

＊

『いい絵だな』と題した、イラストレーター二人（伊野孝行・南伸坊）の対話集を楽しく、面白く読んだ（発売は集英社、発行は集英社インターナショナル）。

私も絵は好きなほうだけれど、好みが偏っているのだろう、名画とされている絵でも、その凄《すご》さや魅力がわからなかったり、「好きではないなあ」と思うことがある。また、その逆で、シロウトが描いた絵でも、「あらー、何だかわからないけれど、好きだわーっ」と思うこともある。べつだん美術評論家でも何でもないので、好き嫌いだけでOKだと思っている。

この『いい絵だな』は、厚みのある本だけれど、早々と岸田劉生《りゅうせい》の有名な「道路と土手と塀（切通之写生）」と、ジョルジョ・デ・キリコの「通りの神秘と憂愁」の絵が出てくる。伸坊さんの話では、この二点の絵は、同じ頃に描かれたという。

この二点の絵、ヘンな言い方だけれど、私は「明るい不安」みたいなものを感じて、好きだった。今回、見開きで並べて掲載されているのを見て、「あら、構図もちょっと似ているよね」と気づかされた。

南伸坊さん。キレイな白髪に

岸田劉生ばかりではなく、日本画作品として鏑木《かぶらき》清方《きよかた》、小村雪岱《こむらせったい》が論じられているのも嬉しかった。好きなんだ、この二人。

シュルレアリスムを語る中で、つげ義春の『ねじ式』の一コマが掲載されているのも懐かしく、楽しい。目医者ばかりの町を眉の無い男が、さまよっている図。当時（一九六八年）、『ガロ』に掲載されていたのを見て、私は目を見張りました。「なんで、こんなにヘンで、妙におそろしく、どこか懐しく、ばかばかしい絵が描けたのだろう!?」……と。

「和田誠さんはモダニズムの人だったけれど、新人の横尾忠則さんが描いた春日八郎のポスターを見て、その新しさを一発で見抜いたんです。和田さんのすごさですね」という南さんの指摘に、胸が熱くなる。

今のアート界の話の中で伊野氏は「〝皮と身の間が美味しい〟みたいな、センスがいいのか悪いのか、ギリギリのところが面白いんじゃないかと思ってますね」と。うーん、確かに……。

（2022年12月11日号）

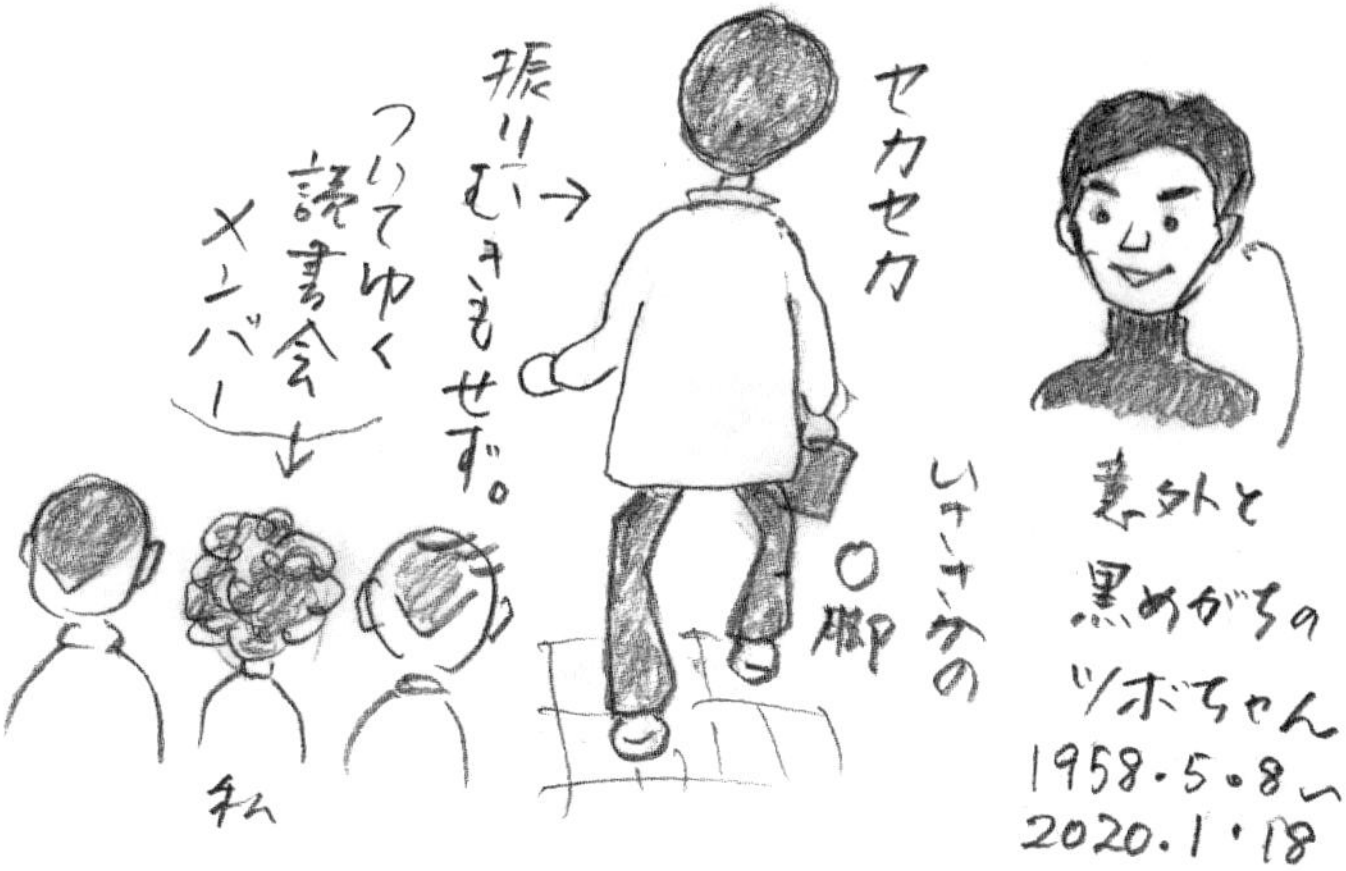

都心で最も愛着があるのは、やっぱり神保町だなあ、とフト思う。

大学を出て、一年弱、有楽町の出版社でアルバイトしたあと、神保町近くの出版社に就職。古書店がズラッと並んでいるのが嬉しく、また、誇らしく思った。たいていの古書店は専門的な渋い本を並べていたので、私はいいお客さんにはなれなかったけれど……。

出版社に勤めていたのは二年ばかりで、フリーのライターをめざすことになり、やがて、一回りくらい歳下のライター、坪内祐三さんと知り合った。坪内さんは……いや「ツボちゃん」は本が大好き、神保町が大好きだった。あの町に踏み込むと自然とテンションがあがるみたいで、何人かといっしょに歩いていても、「ツボちゃん」は振り返りもせず、セカセカ歩きになるのだった。

「ツボちゃん」は二〇二〇年一月十三日に急逝。ごく、たまにだけれど神保町を歩いていると、坪内さんのセカセカ歩きの後ろ姿が思い出されてならない。そのたび、「なんで!?」と思う。なんで、そんなに早く逝ってしまったんだろう、と。後ろ姿ばかり残して。なんだかズルイじゃないの?と。いまだに、そう思う。

2022年12月・2023年1月

餅を焼くきもの姿の母を恋ふ

（正月だけ、きもの姿）

◉濃厚接触◉ホメられて…

やっぱり東海林《しょうじ》さだおさん、いや、東海林先生は偉大だなあ！と思う（決して偉大さを感じさせないところも偉大）。

本日、雑誌『オール讀物』12月号の長期連載エッセー（＋イラストレーションも）を読んで、その思いを強くした。

「コロナを総括する」というサブ・タイトルで、コロナ禍をめぐる騒動をテーマに、あれこれと考察――。

ソーシャルディスタンス、クラスター、ステイホーム、オーバーシュート、パンデミック、3密、人流《じんりゅう》……といった一連の**「コロナ用語」**が続々と現われたと語る中で、東海林先生は、特に「濃厚接触」という言葉にスルドク反応。さすが!? 確かに、ちょっと妖しさも漂う言葉だよね。

コロナも、少し、おとなしくなって、全体的に「一段落《いちだんらく》」の様子になってきた中で、東海林先生は「一段落」という言葉自体に注目。「最近の傾向であるが、一段落を『ひとだんらく』と言う人が多い」と指摘。「まさかこの人は言うまい、と思っている人でも平気な顔で堂々と『ひとだんらく』と言う人が多い」――と。

ほんと、その通り！ よくぞ言って（いや、書いて）くださった！ 私も以前から気になっていたのだけれど、エラソーに思われるのがイヤで、書けなかった。例によって知識人のかたがたは「言葉は生きものですから……」と弁護するに決まっているしね……。

そうそう。高校時代（女子高でした）、英語の教師だったかな、「古今未曾有《ここんみぞう》」を「ここんみぞうゆう」と言う教師がいて、私たち生徒は失笑。陰で、その教師を「ミゾーユー」と呼んでいた。

などと意地悪く書いていて、フト、私自身も何かカンチガイしたまま、口にしていた言葉があったなあ……と思うのだけれど、残念、何だったか忘れてしまった。

*

サッカーのワールドカップ（W杯）カタール大会。対ドイツ戦では奇跡のごとき勝利で、私も舞いあがったのだけれど、続く対コスタリカ戦では、いいところ無く敗れてしまった。

そんな中、新聞の「カタールW杯　2022」と題したコラムに注目。見出しは「ドーハの感謝――ロッカールーム　日本代表が清掃」。

対ドイツ戦後、国際サッカー連盟（FIFA）は、公式ツイッターに「日本のロッカールームが試合後にきれいに清掃されていた」と、画像つきで称賛したというのだ。

W杯遠征スタッフの一人は「ちりとりとほうきは、いつも持ち歩いている」「日本らしいというか、今後もずっと続けていきたい」とコメント。

日本では当たり前のようなことなのにねえ……。世界的規模で見たら、やっぱり、日本人はキレイ好き、清潔好き、なのだろう。それは、おおいに美点だと思う。うーん……乱雑な仕事部屋を見回してみて、「私は、ち

奇跡のごとき勝利を上げた日本代表。W杯グループリーグ初戦のドイツ戦

ょっと日本人離れしているかも……」と、うなだれる。

（2022年12月18・25日号）

◉いちだんらく◉猫たちの社会

何の番組だったか忘れてしまったが、NHK（テレビ）のアナウンサーとおぼしき人が、フリートークの中で「一段落」を「ひとだんらく」と言っていたので、ちょっと驚いた。「一段落」は「いちだんらく」でしょう。

ちょうど前回のこの欄で、東海林さだおさんもエッセーの中で「ひとだんらく」という言葉への疑問をつづっている――と、書いたばかりだった……。

民放のお笑い系番組では、キモイ（気持ち悪い）という言葉がハバをきかせていて、私もだいぶ馴《な》れたが、ハズイ（恥ずかしい）やムズイ（難しい）などに至っては、どうにも受け入れられない気分になる（十代の子たちが仲間うちで言うぶんにはOKだけれどね）。

ワイドショーなどで使われがちな**「誰もが羨む」**という言葉もカチンとくる。金持ちで一家円満で子どもも優秀で……ということなのだろうが、だからといって羨む人ばかりではないだろう。「ヨソはヨソ、ウチはウチ」と心得ている人のほうが、案外、多いのではないか？「羨む」というのは、基本的に下品なことだと私は思っている。

そうそう……近頃はもう定着したかのような「――してもらっていいですか？」という言い方も、ちょっとばかりだけれど、くすぐったく感じる。「もらう」という言葉自体があんまり好きではないのかもしれない。「――していただけますか？」のほうがスッキリしていて、いいのになあと思う。ほんと、あんまり根拠はないのだけれど。語感の問題かな？

なあんてエラソーに書いてみたけれど……実のところ自分の言葉遣いに関して、あんまり自信がない（敬語は特に！）。そういうことにウルサイ世界には近寄らないようにしている。

＊

私は犬好きなのだけれど、猫も決して嫌いなわけではない。十二月二十三日公開の、韓国のドキュメンタリー映画『猫たちのアパートメント』の試写を面白く、興味深く観た（上映時間八十八分）。

ソウル市内の、あるマンモス団地は老朽化によって再開発が決まり、取り壊し工事が進んでいるのだが……実は、そこには二百五十四ものノラ猫たちが棲《す》みついていたのだった。棲《す》み家《か》を失った猫たちは、いったい、どうやって生きていったらいいのか？

猫たちのキャラクターにも注目

『猫たちのアパートメント』
DVD 発売中
発売・販売元：（株）竹書房

というわけで、その団地に住む人びとを中心に、猫たちを救うべく移住先を考えるチームを結成。その活動の様子と、何匹かの猫が紹介（？）されてゆく――。

団地の庭には樹々があり、ちょっとした林のようにも見える。猫たちにとっては楽園のようなもの。カメラは、数匹の猫の様子を、体を低くして静かに追ってゆく。

見た目が違うように、猫にもそれぞれの個性とかキャラクターがある。カメラは六匹の猫に注目。次々と、その猫の個性を紹介してゆく。猫たちの身体能力、けっこうスゴイ。「ノラ猫たちにも〝社会〟があるんだなあ」と、何だか新鮮な発見をしたような気持ちにもなった。

（2023年1月1・8日号）

◉映画ベストテン

謹賀新年――。コロナ禍は収束したとは言えないものの、街は、さまざまな工夫を凝らしてコロナ以前の「日常」を取り戻そうとしている。ほんと、涙ぐましいばかりの「たたかい」――。映画の試写会も何とか無事に乗り切ってきた。人数制限をしての鑑賞だけれどね。街の中は、みなマスクなのにスクリーンの中の人びとは、もちろんマスクなんてしていない。そんな、あたりまえのことが、ちょっとした救いになったような気がする。
さて。そんな状況の中で観た映画の数かず。私的な、ごく偏った好みではありますが……「'22年に観た映画のベストテン」を選んでみたい。おおいに迷いながらではあるけれど。

●『クライ・マッチョ』（アメリカ映画。クリント・イーストウッド監督、主演）
ロデオ界では有名だったが、今は孤独な老人と、メキシコの少年と、ニワトリの奇妙な旅。クリント・イーストウッド（九十二歳！）依然としてカッコいい！　奇跡！

●『声もなく』（韓国映画。ホン・ウィジョン監督）

口がきけない障害を持つ青年と誘拐された少女。孤独な二人。ストーリー自体に力があり、韓国社会の一断面を鮮烈に描き出している。まいりました。

●**『ふたつの部屋、ふたりの暮らし』**（フランス、ルクセンブルク、ベルギー合作）

バアサン二人が主役というのが、まず、珍しい。てっきり長年の親友なのねと思って見ていたら、同性愛カップルだった……。喜劇味もあり。

●**『帰らない日曜日』**（イギリス映画）

一九二〇～三〇年代を背景にした、名家のおぼっちゃまと野心的なメイドの、ちょっとヒネッたラブ・ストーリー。いちずな純愛ものではないところが、面白い。

●**『C.R.A.Z.Y.』**（カナダ、モロッコ合作）

60年代を背景にした青春映画（と言ってもいいだろう）。普通のマジメ家庭（子ども五人は全員、男）に育った男子のユーモラスな青春物語。主人公よりも、末っ子を演じた子が妙に面白い。監督の実の息子だという。05年に作られた映画のリバイバル上映なので、末っ子も今はオトナになっているはず……。

●**『わたしは最悪。』**（ノルウェー、フランス、スウェーデン、デンマーク合作）

いや、もっと上位にしたほうが……と迷う。面白いです。笑えます。女が主役のコメディーは珍しいし、ね。

ヒロインは三十歳になったというのに、どう

珍しく女どうしの高齢者カップルの愛を描いたもの

『ふたつの部屋、ふたりの暮らし』
DVD発売中
販売元：アルバトロス
©parpika films/tarantula/artemis productions-2019

生きていったらいいのか、わからない。いちおう恋人はいるものの、結婚には踏みきれず、モヤモヤしている……という、ありがちな設定を使って、おおいに笑い（および共感）を誘う。

まずい……紙数が足りなくなってきた。以下、ごく手短に。

●怪優のウド・キアーが、実在したゲイのヘアメイクドレッサーを演じた『**スワンソング**』。衣装が華やかなだけに「老い」の哀しみが、リアルに。

●フランス映画『**秘密の森の、その向こう**』、●ニュージーランド映画『**ドライビング・バニー**』も楽しく観た。●トム・クルーズの『**トップガン マーヴェリック**』は期待通り。スゴイ。

（２０２３年１月15・22日号）

◉冬の熱海へ◉質も量も

まだ、一月とはいえ、世の中、お正月気分は完全に吹き飛んでいるので書きづらいのだけれど……私、年末年始は友人の千葉の別荘で過ごし、いったん帰宅後、名古屋の女友だちＫちゃんと熱海で落ち合い、一泊二日。忙しく遊んでいた。ＮＨＫの『紅白歌合戦』を録画するのも忘れて。

どうやら私、近ごろ、強迫観念に突き動かされているみたい。「歩けるうちに歩かないと。動けるうちに動かないと……」と思っているみたい。細身ながら活発だった母が、「脚が痛い」と言い出したのは、七十代に入ってからだった……それがトラウマ（それでも九十歳まで生きられたけどね）。

もっかの私は、どこも痛いところは無いものの、コロナ禍の引きこもり生活で、たぶん、脚力は衰えているのでは？

　というわけで「これからは小さな旅を楽しもう」という気持ちになったのだった。

　たったの一泊なので、数多くの文豪たちにも愛されたという高級旅館を奮発。さすがに渋いカッコよさがあって、「余は満足じゃ」という気分に。お風呂場や庭を眺めていて、「あれっ⁉」と思った。「あれっ、ここ、来たことがあるような……」と。デジャブ（既視感）に襲われ、やがてハッと思い出した。

　十数年前だったろうか、ある新聞の書評委員というガラにもない仕事を二年間ほど担当したことがあり、その新聞社が書評委員メンバーを熱海に、一泊だったか二泊だったか接待してくれたことがあった。その時の旅館なのだった……。

毎年1月17日は「お宮の松」の前で「尾崎紅葉祭」が行われ、「貫一・お宮の像」の前で別れの名場面が演じられる（写真は2020年）

　そうそう……熱海といえば、尾崎紅葉の『金色《こんじき》夜叉《やしゃ》』が有名。「熱海の海岸／散歩する／貫一お宮の二人づれ」という歌もあるほどの悲恋小説（復讐小説でもある）なのだけれど……だいぶ昔、読んでみて（頭の中でだが）爆笑！　貫一というマジメな秀才青年が、お宮という結婚を誓った清純な女にフラレて、一気に復讐心に燃え〝高利貸し〟になるという飛躍。

　その別れのセリフが、やたらと長い！　そうとう粘着質の男なのだった。その間、お宮は言い返せずに涙にくれている……というSM的な二人なのだった。

　お宮が結婚した金持ち青年の名前が富山唯継。富の山をタダで継ぐ

――というネーミング。うーん……『金色夜叉』は、万事、わかりやすいのだ。「ベタ」なのだ。私、けっこう、好き。

＊

現在公開中のドキュメンタリー映画『モリコーネ　映画が恋した音楽家』――オススメします。エンニオ・モリコーネといったら映画音楽界の、まさに巨匠。二〇二〇年に九十一歳で亡くなったが、五百作品以上の映画（TV作品も）の音楽を手がけた人。

ほんと、あの曲もこの曲もモリコーネによるものだったのか……と今さらながらに驚く。『荒野の用心棒』『ニュー・シネマ・パラダイス』『海の上のピアニスト』……など。「質」と「量」、両方のスケールを兼ね備えた人だったのね。安らかに――。

（2023年1月29日号）

◉ロロブリジーダ！◉イオセリアーニ！

本日（一月十七日）、新聞朝刊を広げ、アッ！と目を見張る。訃報欄にジーナ・ロロブリジーダの（若き日の）写真――。前日の一月十六日にローマで亡くなったという。おんとし九十五歳で！

ジーナ・ロロブリジーダと言ったら、第二次大戦後、世界的な人気を博したイタリアの美人女優だ。さすがに私は戦後生まれの子どもだったので、彼女の出演作品はリアルタイムでは観られなかった。十代になって映画雑誌を見るようになって、その名を頭にきざみ込んだのだった（ロロブリジーダという名前も面白くて）。一九二七年生まれというから、アメリカのマリリン・モンロー（一九二六〜六二年）と同世代——。

何しろ顔だちも体つきもハデというかダイナミックというか。ついついソフィア・ローレンを連想してしまうのだが……。こちらは一九二四年生まれの八十八歳。いまだに現役。堂々の大女優——。

＊

朗報！　二月十七日から『オタール・イオセリアーニ映画祭〜ジョージア、そしてパリ〜』が開催されます。イオセリアーニ監督作品、全二十一本一挙公開！（場所はヒューマントラストシネマ有楽町、シアター・イメージフォーラムにて）。

イオセリアーニ監督は、一九三四年、ジョージア（旧ソ連グルジア共和国）生まれ。映画監督になったものの、ソ連の権力下では映画を公開することができず、一九七九年、四十代半ばでパリに移住。数かずの、そしてユニークな映画を作り続けてきた。

私が初めて観たイオセリアーニ監督作品は『落葉』（'66年）。グルジア時代の、ういういしい作品のリバイバル放映だった。おだやかながら反骨の気配あり、俄然《がぜん》、注目。以来、イオセリアーニ映画は続々と公開されるようになっていった。どこか日

オタール・イオセリアーニ監督（1934〜）。いい人！

本人の好みや美意識に合っているのかもしれない。

『素敵な歌と舟はゆく』（'99年）、『月曜日に乾杯！』（'02年）、『ここに幸あり』（'06年）、『汽車はふたたび故郷へ』（'10年）、『皆さま、ごきげんよう』（'15年）……。

シビアな状況の中でも、何だかノンキで、笑いを誘う。見終わった時、「人間ってロクなもんじゃないけど面白いじゃないの、おかしいじゃないの」という気分にしてくれる。

自慢ですが、イオセリアーニ監督が来日した時（十数年前だったと思う）、インタビューというか対談というか、じかにお会いしたのだけれど……偉ぶったところはまったくない、「いい人」だったので、私も俄然「いい人」になりつつ、ハグまでしてもらった。深々とした、気持ちのいいハグだった……。八十八歳で健在なのがうれしい。

それにしても……と、話はそれてしまうが、ジョージアという国の文字は風変わりだ。数字のごとく単純な曲線でできている。妙にかわいい。

（２０２３年２月５日号）

●気がつけばＮＨＫ●サバサバ●コンパートメント

近頃の私、といってもだいぶ前からだけれど、「気がつけばＮＨＫ」状態になっている。近頃の民放の、いわゆるバラエティ番組および旅番組は、やたらと「食べもの絡《がら》み」でゲンナリしてしまうからだ。

旅先で、その地の食べものを紹介するのはまだしも、スタジオで食べているシーンは、私、あんまり見たくない。カメラやコードやライトなどがあるスタジオで、ゆったりした気分で味わうことなんてできないのでは？　結局のところ、ほんのちょっと食べてみせるだけだし。何を食べようと「おいしい！」と言うに決まっているわけだし……。

食べもの関係のことを、何でもかんでも「グルメ」と呼ぶのもシャクにさわる、というか恥ずかしいと思う。もはや「グルメ」という言葉はフランス語の「美食家」という意味を大きく離れて、「くいもの」全般を意味する日本語になっているかのよう……。

さすがにNHKでは、そう簡単にグルメという言葉は使わないので、ホッとする。

＊

グルメ問題ばかりではなく、にわかにNHKを見直したのは、何気なく見たドラマ『**ワタシってサバサバしてるから**』が面白いから。

ヒロインは網浜奈美という、すっとんきょうな出版社の社員。二十八歳という設定のようだ。いわゆる「根拠のない自信」まんまんで、職場に一大旋風を巻きおこす……という話。

主人公の網浜奈美を演じる丸山礼という女子が、役柄にピッタリはまっていて、面白い。私は初めて知ったのだけれど、お笑いタレントだという。なんだか、「ロバート」の秋山竜次に似た顔だち。

脇のキャスティングも愉《たの》しい。笹野高史、アンミカ、トリンドル玲奈……。特に笹野高史をキャスティングしたのは「シブイ！」と思う。地味なイメージの人だけれど、中村勘三郎に見こまれてコクーン歌舞伎や平成中村座にも出演……。得がたい俳優なのだった。

私は知らなかったが、この『ワタシってサバサバしてるから』はインターネットのマンガ作品（略してネットコミック）をドラマ化したものだという（原作・とらふぐ　作画・江口心）。小学館から単行本も出ているという。

*

さて。二月十日から公開のフィンランド他合作映画『コンパートメントNo.6』が妙に好き。

コンパートメントというのは、ヨーロッパでは今もあると思うが、数人が座ったり寝たりできる仕切りのある列車。そこで知り合った男女の話。映画としての出来はともかく、懐かしい。二十代半ばの頃、一人でヨーロッパを一ヵ月ほど放浪したので。列車の旅。コンパートメントに何度か乗った。この映画のヒロインとは違って、私は警戒心バリバリ。身構えていた……。

（2023年2月12日号）

モスクワから北極圏への鉄道の旅

『コンパートメント No.6』
BD & DVD 発売中
発売元：アット エンタテインメント
販売元：TC エンタテインメント

◉ルフィとミツハシ◉大相撲は今

東京の狛江市で起きた老女強盗殺人事件（一月十九日）をはじめ、各地であいついだ強盗事件で、「ルフィ」と名乗る指示役による**特殊詐欺グループ**の存在がメディアで大きく取りあげられるようになった（今どきのマンガやアニメには興味の薄い私でも「ルフィ」は人気マンガ『ＯＮＥ ＰＩＥＣＥ』の登場人物ということくらいは知っていた）。

もっかのところ、「ルフィ」という名のほかに「ミツハシ」と名乗る人物もいるようだ。ミツハシといったら、二〇一八年のＴＶドラマ『今日から俺は!!』を連想せずにいられない（こちらもマンガのドラマ化）。気のいいバカ高校生のミツハシを賀来賢人が演じていたのよね。上出来のおかしみ。ムロツヨシやシソンヌを配したのも愉しかった……。なあんてノンキに回想している場合じゃないか。

新聞報道によると、「『ルフィ』を名乗って複数の事件を指示していた疑いが持たれている男らは、過去にフィリピンを拠点とした特殊詐欺グループの幹部でもあったとみられている」――。一人、二人のしわざではなく、キチッと役割分担したグループであり、チームであるということ。なおかつ拠点は海外……。ほんと、今風。でも、人を、しかも老女を殺してしまったのはダサすぎる！

すでに警視庁は、「ルフィ」を名乗って事件を指示していた疑いのある男四人の逮捕状を取っているというのだが……。気が、めいる。

宮城野親方（元横綱・白鵬）の断髪式の最後、間垣親方が大銀杏にハサミを入れた

＊

一月二十八日。大相撲の元横綱・白鵬（宮城野親方）、両国国技館での**断髪式**。ニュースで観た。

実質的には、すでに引退していたわけだけれど、マゲを切り落とすという行為——いや、儀式は、何よりも「引退」という事実がリアルに胸に迫ってくるのだった。間垣親方がハサミで大たぶさを切った時、さすがに白鵬は目に涙。

私としては、いやー、まだまだ横綱として残っていてほしかったなあと、少々、残念。何しろ、一横綱（照ノ富士）、一大関（貴景勝）という事態になってしまったのだから。

やっぱり両横綱そろっての相撲でしょう……と思ってしまうのは、たぶん……子どもの頃、栃若時代を観ているから。両雄の対決が大きな見ものになっていたから（余談ですが、クラスメートの多くは若乃花を応援していたのだけれど、私は栃錦ファン——というシブ好み。すでにしてナマイキだったのかも……）。

今では考えられないことだけれど、昭和の頃は四横綱というのがフツーだったのだ。それが今や「大空位時代」と呼ぶべき様相に……。お相撲大好きだった故・坪内祐三さんは天国でどう思っているのかなあ。名案があったら教えてほしい。

（2023年2月19・26日号）

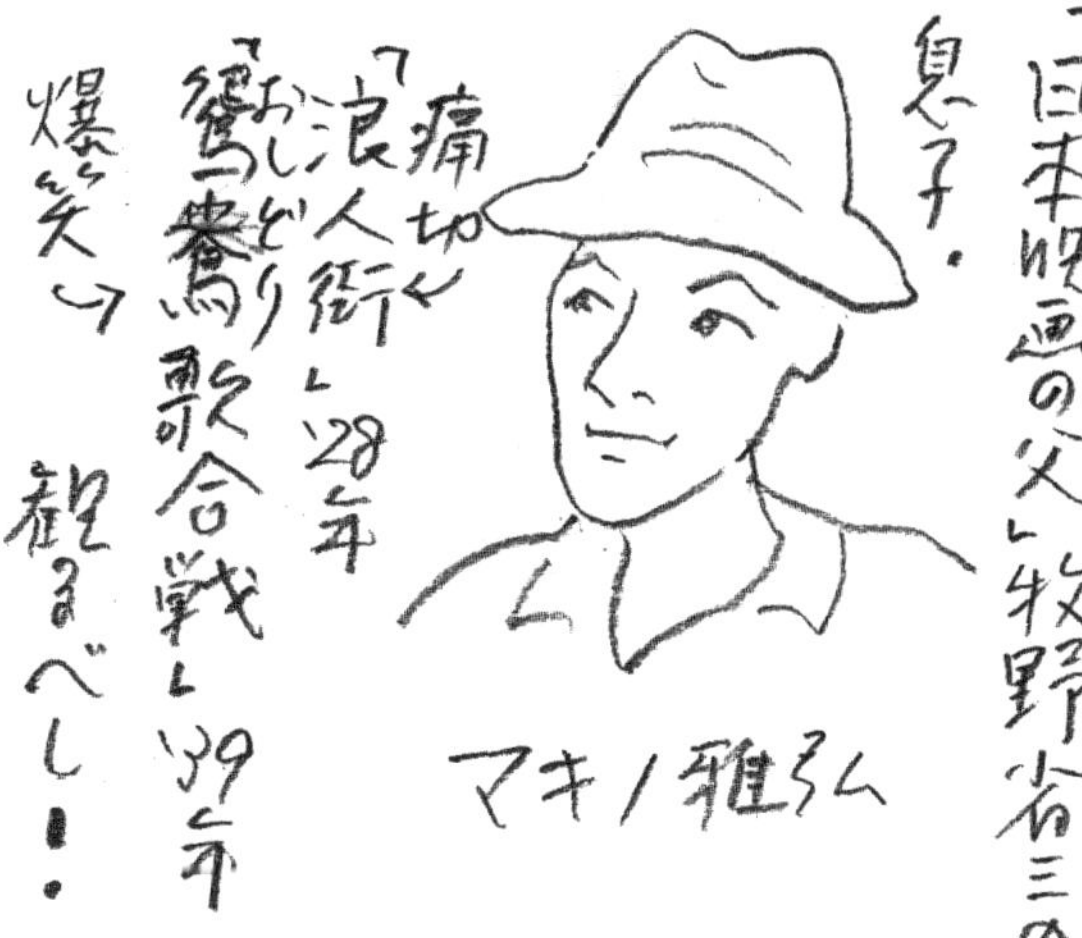

ある日。ラジオをつけていたら、誰だったか忘れてしまったけれど、映画関係者の話にギクリ。「今どきの若い子はDVDで映画を観ても、早送りで観たりする」――というのだ。

ビックリ。早送りで観るというのは、きっと、人気のあるスターを見ること以外には興味が無かったり、あるいは、その映画のストーリーさえ知ればいいということなのでは？

まあ、実際、映画好きの私でも、好みに合わない映画（DVD）は早送りしたくなるけれどね。それでも早送りする勇気（？）は無い。やっぱり全部観ないと悪口も言えない――と。

ガマンして観ながらも、「なんで、つまらないんだろう？　どこがどうマズイんだろう？」と考えてしまう。

日本の映画界を切り開いたマキノ雅弘の自伝の中に、映画は「1スジ、2ヌケ、3ドウサ」という言葉あり。要するに①ストーリーの面白さ、②画面のキレイさ、③アクションやしぐさ――ということなのだろう。マズイ映画を観るたび、この三点のどれが欠けていたのだろう――と思う。

2023年2・3月

寒月や亡き友思ふ神保町

◉一番こわい◉希望の星

トルコ南部でM《マグニチュード》7・8と7・5の大地震あり。速報では死者三万四千人。この数字はどんどん増えてゆくのではないか？

子どもの頃、「地震、カミナリ、火事、おやじ」という言葉があったけれど、断然、地震が一番こわい。防ぎようがないのだもの。

理系の技師だった祖父は東京府内（当時）の職場で関東大震災（一九二三年、大正十二年の九月一日）を体験した。ちょうど昼休みに入る時間帯で、「しょんべん（小便）していたら、グラッと来たんだ」とフザケた調子で語っていたが……M7・9というスケールだったというから、さぞかし恐ろしかったろう。死者・行方不明者は十万人以上だったという。祖父は当時撮影された写真も多数持っていたが、全部は見せてはくれなかった……。

その関東大震災から、ちょうど今年は百年目ということになるのだった……。

私は地震を感じると、すごいイキオイでヘルメットをかぶり、ドアをあけて出入口を確保、小さくうずくまる（もちろん火は消している）……というダンドリなのだけれど、そんなことをしているのは私だけなのか、（マンションの）他の部屋は閉まったままで、シンとしている

生存者の救出活動をするトルコ災害緊急事態対策庁の隊員ら＝トルコ南部アンタキヤで（2023年2月7日撮影）

……。

＊

二月十二日（日曜）。銀座の観世能楽堂で浪曲の玉川奈々福さんの公演あり。女友だちと三人で出かける。

以前にも何度か書いてきたが、奈々福さんは某出版社の優秀な編集者だった。とりわけ歌舞伎や能に詳しく、私は大尊敬。それが突然、会社を辞めて浪曲師に！　今や浪曲界では「希望の星」といった存在では？（私のところに出入りしている電器屋のオヤジも大ファン。私が奈々福さんの知り合いだと知って、俄然《がぜん》、私もついでに少しばかり尊敬されるようになった!?）。

さて、場内は満員。前方の席に高田文夫さんがいて、奈々福さんに呼ばれ、ステージに。例の早口で程よく笑わせ、場内の空気をあたためてくれる。

さて。奈々福さんの口演は『国定忠治旅日記　山形屋』と『彼と小猿七之助』。時に少々のクスグリ（笑い）も入れて、ダレるところ無し。堂々としたもの。ほんと、浪曲界の救世主では？

ついつい、祖父のことを思い出す。祖父の部屋には、ハンドルで回す古い「蓄音機」があり、厚手のレコードがあった。その中に浪曲のレコードも数枚あり、私は「血煙荒神《こうじん》山」というのが、なぜか好きだった。意味もわからないまま、ドラマティックな展開に惹《ひ》かれたのだろう。たぶん広沢虎造の口演だったのでは？

と書いていたら、俄然、広沢虎造も聴いてみたくなった。「旅ゆけば／駿河の国に茶の香り……」って言うフレーズが、まず、頭に浮かぶ。スマホでチェックしてみたら、『清水次郎長伝』の冒頭なのだった……。

（2023年3月5日号）

◉懐かしのGS◉寒い国のラーゲリ

本の話——。二月十七日に発売されたばかりの『グループサウンズ』（近田春夫著、文春新書）が面白く懐かしく、一気読み——。

お若い皆様は知らないだろうが、昭和のベビーブーマー（雑に言えば全共闘世代と、その数歳下の世代）の青春時代、突如として若い男子ばかりの音楽グループが複数あらわれ、大人気となった。ただの「コーラス・グループ」ではなく、たいていはエレキギターやドラムなど楽器も使いこなす……。と、こう書いているだけで、当時のグループサウンズ（略してGS）の数かずが思い出され、わくわく。

「第1部」は全部で九章。ザ・スパイダースに始まり、ブルー・コメッツ、ザ・タイガース、ザ・テンプターズ、ザ・ゴールデン・カップス、ザ・ジャガーズ、オックス、ザ・ワイルド・ワンズ、ヴィレッジ・シンガーズ——。エピローグは「忘れがたきバンドの数々、そしてGSの終焉《しゅうえん》」。

私が特に好きだったのは、やっぱりタイガース、テンプターズ、ゴールデン・カップス（ちょっとヒネって）、ザ・ジャガーズ。

GSというわけではないが、黛《まゆずみ》ジュンの『恋のハレルヤ』について語られているのも嬉しい。若

近田春夫『グループサウンズ』（文春新書）。一気読み

き日の私、この歌を心のささえ（？）にしていたようなものだから。

さて。『グループサウンズ』の後半は「第2部」と称して、近田春夫、瞳みのる（ザ・タイガース）、エディ藩（ザ・ゴールデン・カップス）、この三人の対話篇。

さらに近田春夫と作曲家・鈴木邦彦との対談――。鈴木氏は最後に「中村八大さん、筒美京平さん、そしてさまざまなアーティストやスタッフ……。出会うべき時に出会うべき人に出会うことができた。運に恵まれた作曲家人生だったと感謝しています」と語っている。

「第3部」には「近田春夫が選ぶGS10曲」というリストがあるのも嬉しい。楽しい。

＊

昨年の十一月に二宮和也主演の映画『ラーゲリより愛を込めて』について書いた。

私が高校生だった頃、教師と雑談している中で、私より三、四歳ばかり年長で東京外国語大学のロシア語科に進学した山本はるかさん一家の話を知った。お父さん（山本幡男さん）はシベリアに抑留されて亡くなった。それでもお母さんは立派に家族を支えた、と。

それを読んでくれた編集者のFさんが一冊の本をプレゼントしてくれた。**『寒い国のラーゲリで父は死んだ』**（山本顕一著、バジリコ）。昨年末に出版されたもの。著者は、はるかさんのお兄さん……。一九三五年生まれだから、父親の記憶は鮮明。

男同士だからか、それとも戦時下だったせいか、「幼時の私にとって、父はまったく恐ろしい存在であった。いつどんな時にガミガミ叱られるかわからず、父が家にいるだけで絶えず緊張でビクビクしていた……」というのが、意外。

巻末には、山本幡男の遺書全文も掲載されている。知的な立派な文章だけれど、揺れ動く感情も生々しく感じられ、圧倒される。

（2023年3月12日号）

◉ロシア文学の頃◉愛犬悲劇

ロシアのウクライナ侵攻のニュースの中で、興味深い事実を知った。

ロシアでは国防省の正規軍があるのだが、それとは別に民間の軍事会社が十社ほどあるという。その中の「**ワグネル**」という傭兵《ようへい》会社はプーチンに重用されている。以上は周知のことだが、おもに**囚人をリクルート**しているというのだから、すさまじい。そうだったのか……と腑《ふ》に落ちた。正規軍には嫌がられるような、捨て身の「ヨゴレ役」をさせられるのだろう。

「人間の尊厳」なんて、これっぽっちもない。正規軍ではないので、死のうが生きのびようが、どうでもいい、敵に危害を与えさえすれば……とでも思っているのだろう。プーチンの、あの、「非情」という言葉そのままの人相はダテではなかった……。

と、こう書いていて、深い溜息《ためいき》。ロシアという国への、いささかの幻滅。

私が十代だった頃、ロシア文学は今よりずっと人気があったと思う。教科書でも、ゴーゴリ、ツルゲーネフ、ドストエフスキー、トルストイなどの作品は必ず採りあげられていたと思う。高二の夏休みだったかドストエフスキーの『罪と罰』を夢中で一気読み。興奮……。お願いだから、そういうロシア文学へのリスペクトをぶちこわさないで！と言いたい。

話は戻りますが、「ワグネル」というのはロシア語読みで、ワーグナーということだろう。十九世紀ドイツの作曲家ヴィルヘルム・リヒャルト・ワーグナーに、ちなんだネーミングだったのか、どうか。ちょっと知りたい。

ウクライナ侵攻から１年、崩壊した建物を見つめる元住人ら

＊

二月二十六日。新聞に「**愛犬追い　電車にはねられる？**」という見出しの記事あり。ドキッとして読んでみると……。

二月二十四日の深夜、大阪の南海高野線・岸里玉出駅近くの線路脇で、七十八歳の男の人が死亡しているのが見つかった。

周辺の防犯カメラには、「踏切から線路内に進入し、北に向かって走る大型犬を追いかける姿を確認」。「同じ頃に、周辺の高架下の路上でゴールデンレトリバーが死んでいるのが見つかっていたという」

小さな記事だったけれど、愛犬のゆくえを追って駆け回る老人の狂おしい姿がクッキリと想像されてしまい、つい、涙。

それでも……と、フト思う。愛犬のゆくえが見つからないまま亡くなるのと、愛犬の死体を見つけてしまって生きてゆくのと、どちらが残酷なのだろう、と。

うーん……つらいことだけれど、死体であったとしても愛犬を見つけたほうが、やっぱり、ずうっと、よかったはず。「供養《くよう》」という言葉もあり、思い出の中で会えるのだから――。

さて、話はコロッと変わってしまう。私は毎日新聞の「仲畑流万能川柳」という囲み記事を愛読している。読者投稿の五七五。選者はコピーライターの仲畑貴志さん。毎回、十八句が選ばれて掲載されている。

「お笑いがいるので消したニュースショー」というのがベストに選ばれていた。私は「確かに！」と納得。お笑いタレントが悪いのではない。やっぱりニュースを伝える力。それが第一では？

（２０２３年３月19日号）

◉まんまと花粉症◉寒風や…◉偉かった？

週末、友人の千葉別荘に出かけ、春の訪れを満喫して帰ってきたのだが（一泊二日）……都心に戻るにつれて、やけに目が痒《かゆ》く、我ながらビックリするほど大きなクシャミを連発。気のせいか頭の中もボンヤリしている。花粉症に違いない。

今まで花粉症らしき症状はあったものの、ごく軽かったので気にならなかったのだけれど、今回は違う。病院に行きたいところだが、そのヒマが無い……というわけで、ショボショボ目で、これを書いているのです。

当然、機嫌はよくない。以下、グチ。ぐったりとソファに座り（というより寝そべって）TVを観ていて、若い男女タレントが「**ワタシ的には……**」あるいは「オレ的には……」なあんて言うのを聞くと、いつもの倍くらいムカッとする。なんで、わざわざ「的」という語を添えるんだ？　普通に、「私は」とか「オレとしては」でいいじゃあないか！と頭の中でケチをつけずにはいられない。「お前的にはダサイんだよ！」と。

もしかして、このムカツキ、コロナ疲れのせい？　それとも……老化現象？

＊

前回にも書いたことだけれど、毎日新聞の「仲畑流万能川柳」欄が好き。読者から寄せられた川柳（のようなもの）をコピーライターの仲畑貴志さんが、毎回十八句を選ぶ。

最近では、「心より骨がガラスの七十代」とか「行けるならどっち行きたい過去未来」とか「ヒトだけが孫の面倒までもみる」とか……皆さん、お上手なんですよね。

五七五っぽくありさえすれば何でもＯＫ。俳句と違って、季語もいらない。私も匿名で投稿してみたいと思っているのだけれど、イザとなると何も浮かばない。我ながらガッカリ。

そんな中で、本日、感動（？）したのは、**「寒風や肛門さらし柴はゆく」**という句。いやー、か

永井荷風（1879～1959）エリート家庭の息子だったが……

わいいじゃないの！　北風の中、トコトコ歩く柴犬ちゃんの後ろ姿がクッキリと目に浮かぶ。作者は愛知の藁稲木というペンネームの人だった。もしかして、このペンネーム「わらいなき（笑い泣き）」と読ませるのかな？

＊

本日。本棚の整理をしていたら、永井荷風の『江戸芸術論』（岩波文庫）というのが棚にあった。何となく気になって、ページを開いてみてビックリ。だいじに思った文章なのだろう、鉛筆で傍線が引いてあったり、ちょっとした書き込みがしてあったり……。熱心に読んだ形跡があるのだ。

永井荷風に興味があったのは事実だけれど、我ながら「エッ!?　こんなに、ちゃんと読んでいたんだ！」と驚いた。偉いじゃないか、私。いや、偉かったじゃないか私。もはや、すっかり忘れていた。

（2023年3月26日号）

◉昭和はるかに◉骨董市にて

三月十二日。新聞の広告欄に『江戸川乱歩――日本探偵小説の父』（平凡社『別冊太陽』）とあり、ハッとする。さっそく、銀座の書店で、無事ゲット。

江戸川乱歩（1894〜1965）

デビュー作と言っていい『二銭銅貨』から『怪人二十面相』に至る著作の紹介は言うまでもなく、乱歩についての評伝なども掲載されている。ズシッとした一冊。お値段二千七百円というのも納得できる。

子どもの頃、「少年探偵団」が好きで、小林少年に憧れた。「ぼっ、ぼっ、ぼくらは少年探偵団、勇気りんりん、瑠璃《るり》の色……」。瑠璃の意味はわからないままに。少年雑誌に「江戸川乱歩先生は土蔵にこもって、ロウソクの火をともしてお書きになっています」といった記事があり、「こわい話を書いていても、こわくないんだ……」と感心（?）した記憶あり。今回、この『別冊太陽』を読んで、蔵は実在していたものの、もっぱら本や資料の収納にあてられていたと知った。

高校生になった頃は「少年探偵団」は卒業。しばらく忘れていたが、『D坂の殺人事件』『屋根裏の散歩者』『人間椅子』『押絵と旅する男』『黒蜥蜴《とかげ》』など妖気漂う作品がリバイバル掲載されたり、映画化されたりしていたので、子どもの頃とは、ちょっと違った角度で読むようになった……と、こう書いている今も、読み直したい気持ちでいっぱい……。

＊

午後は久しぶりに門前仲町の骨董市《こっとういち》へ。コロナ禍も、おさまりつつあると信じて。骨董市自体は開催されていたものの、店舗の数も客たちも以前の半数くらいか。さすがに淋《さび》しい。

よく晴れた日だというのに。

そんな中、フト、目にとまったのが古びた『サンデー毎日』。昭和四年十二月一日発行のもの。表紙は毛皮のコートを着た美女がソファに座っている写真。当時で言うところのモガ（モダンガール）ですか。判型は今よりだいぶ大きい。そのかわりページはだいぶ少ない。特集テーマは「芝居とキネマ」となっている。定価、金十二銭と書いてある。

他の古写真一点と共に、千円でお買いあげ。帰宅して、ゆっくり読んでみたら、なかなか興味深く、面白い。買ってよかった。

一番の収獲は上山草人《かみやまそうじん》という、名前だけは知っていた俳優の写真と記事が、わりあい大きく掲載されていたこと。スッキリとした顔立ちで、スリムな体形。新劇俳優だったが、一九一九年、妻子と共にアメリカへ。

時はまだサイレント時代。もっぱら中国人の悪役や探偵役を演じていたという。十年後の一九二九年に帰国。一九五四年、黒澤明監督の『七人の侍』ではセリフ無しだが、琵琶法師の役で出演。その年の七月に腸閉塞《へいそく》で亡くなったという。七十歳。

「田中絹代と水原君　スクリン以上の急テンポ　キネマ女優の戀」という記事にも興味を惹かれた。若き日の女優、田中絹代は慶應大学野球部だった水原茂（のちに巨人へ。野球殿堂入り）に恋心を抱いて、早慶戦に三日間、球場に通い詰めた――と書かれている。ホントかな？

（2023年4月2日号）

◉せつない『ザ・ホエール』◉どこか妖しく

気をつけていたのだが……この春も、まんまと花粉症になってしまった。この二、三日がピークのような気がする。

涙目と鼻水は何とか耐えられるものの、クシャミにはお手あげ。映画の試写会で盛大なクシャミに襲われたらどうしよう!?と、おびえている。

そんな緊張状態の中で観たアメリカ映画『ザ・ホエール』が面白かった、というか、せつなかった。

簡単に言うと危険なほど肥満した大男の話。

この大肥満のチャーリーを演じたのがブレンダン・フレイザーであることに、エーッ!?と驚く。

昔は（といっても二〇〇〇年の初め頃）バリバリの、スラリとしたハンサムだったので。あとで知ったことだが、やがて体調を崩したり、私生活も破綻したりして、いささか忘れられたスターというふうだったようだが……いやーっ、この『ザ・ホエール』で大復活では!? 心の地獄を見た男ならではの怪演のようにも思える。

『ザ・ホエール』。体重272キロの男に……。

『ザ・ホエール』
BD & DVD 発売中
発売元：キノフィルムズ／木下グループ
販売元：ハピネット・メディアマーケティング

＊

長年親しくしている女性編集者のFさんから「三鷹市美術ギャラリーで、合田《ごうだ》佐和子展が開催中なんですよ」という知らせあり。即、いっしょに観に行く……。展覧会のタイトルは『**合田佐和子展　帰る途もつもりもない**』。

合田佐和子さんといったら、一九六〇年代後半に、まさに颯爽《さっそう》とデビューしたアーティスト。当時、私が関心を抱いていた演劇界（唐十郎の「状況劇場」や寺山修司の「天井桟敷《さじき》」）などのポスターや舞台美術を手がけ、やがてパルコのポスターなども手がけた。美女を描いても、どこか妖しい気配が漂うところに、私は惹かれた。

子どもの頃から、その死（二〇一六年二月十九日）に至るまでの作品の数かず。「アート」とか「芸術」という言葉から、ちょっとはみ出して、手芸的（!?）な楽しさがあるところも、私は好き。気に入ったハギレとかリボンとかは捨てられず、それを何とか生かしたいという気持ちもあったのでは？　とにかく妖しさ一本槍ではなく、女ならではの遊び心も感じられる……と思ってしまうのは、私自身がハギレやリボンやボタンなどが捨てられないせいだろうか？

断然、私も合田佐和子さん風のアート作品を手がけてみようではないか!?と発奮したのだが……二、三日経《た》ったら、「うーん、やっぱり、ちょっと、面倒くさい。原稿書きのほうがラク」――ということに。

（2023年4月9日号）

◉㊗侍ジャパン◉イギリス版『生きる』

第五回ＷＢＣ（ワールド・ベースボール・クラシック）、ついつい観てしまいましたよ。勝ちあがって、決勝戦の相手はアメリカ。最高の巡り合わせでは？

頼もしかったですね、「侍《さむらい》ジャパン」。臆することなく、精緻な日本野球を展開。十四年ぶりの世界一に。

やっぱり大谷翔平選手の投打にわたる活躍、圧倒的。それだけでもありがたいのに、見た目も楽しい。のびのびとした体の上に、人柄もよさそうなキュートな顔が乗っかっているのだもの。

9回裏、ピッチャー大谷vs.打者トラウトという最高に緊迫するシーンで、大谷はみごとにトラウトを空振りさせて、日本の優勝を決めた。ドラマティック。マンガや映画の中でしかありえないような展開だった。こんなこともあるんですね。スカッとしました。選手の皆さん、ありがとう！

そうそう、日系人のヌートバー選手が招集されたのも、楽しかった。あの明朗さ。おおいに活気づけてくれた。栗山監督、「人を見る目」も確かなのだろう。

＊

『公開中のイギリス映画『生きる　ＬＩＶＩＮＧ』は、黒澤明監督作品の『生きる』（'52年）をリメイクしたもの。ノーベル賞作家のカズオ・イシグロが脚本、若手のオリヴァー・ハーマナスが監督にあたった。

黒澤監督の『生きる』はモノクロだけれど、このイギリス版はカラー映画（といってもシブイ色使い）になっている。

ストーリーは基本的に黒澤映画版を踏襲している。三十年間、地道にマジメに働き続けてきた公務員が、ある日、自分がガンにおかされているという事実を知る。近づいてくる死におびえつつ、最後に自分ができることは何かと思い詰め、市民たちのための公園作りに奔走する。まるで人が変わったかのように……。

『生きる　LIVING』
Blu-ray & DVD 発売中
発売・販売元：東宝
©Number 9 Films Living Limited

黒澤版でこの主人公を演じたのが志村喬《たかし》なんですよね。そう、黒澤映画『七人の侍』のリーダーを演じた超シブイ俳優。美男では全然ないけれど、何か、男ならではの厚みや重みを感じさせる俳優で、黒澤監督のお気に入りだった（と思う）。

今回のイギリス映画版では、志村喬とは全然違ったスリムな体形のビル・ナイが演じているわけだが……うーん……私としては違和感が……。あんまり生活臭や侘《わび》しさが感じられなかったんですよね。ラストシーンも、ちょっと残念（イギリスには「ゴンドラの唄」は無いからなあ……）。

なあんて、イギリス映画『生きる　ＬＩＶＩＮＧ』にケチをつけるような文章になってしまったけれど、必見。黒澤版『生きる』をリスペクトしたうえでの映画化なのだ。志村喬の偉大さを、あらためて思い出させてもらったのだから、感謝しなくては。

（２０２３年４月16日号）

イヌノフグリ
ムラサキに近い青
キイロ
似てないと思うんだけどなーボク。
花言葉は「忠実」「信頼」「清らか」だって…。

子どもの頃から、春になると道路脇や庭の隅に咲く小さな青い花が好きだった。花といったら、赤とかピンクとか黄色なのに、青くてパッチリしているところに惹かれたのだと思う。

大人になってからだったと思うが、その花の名称が「イヌノフグリ」とか「イヌフグリ」だと知って、エッ!?と驚く。フグリといったら男性性器のことでしょう。

いったい、なぜ!? 調べてみると「果実の形が〝犬の陰嚢〟、フグリ（オスの性器）に似ているからだという。エーッ!? 花ではなく果実の形態によるものだったのね。犬を飼ったことがあるけれど、その性器の形、今やどうなふうだったか覚えていない……。

それにしても、もっと愛らしいネーミングを考えつかなかったものなのか?と、少々、不満。

いっぽう、「オオイヌノフグリ」というのもあって、別名「星の瞳」なんて呼ばれているという。雑草の世界は、しぶとい。アスファルト道路の、ほんのスキマにも咲いていたりする。

2023年4・5月

議事堂に中庭ありて春ひざし

◉『49冊のアンアン』◉『小津安二郎』

月日は巡る。担当編集者だった人たちが、今や続々と定年退職するようになった。御本人たちの気持ちはどうだかわからないけれど、私としてはちょっと淋しい。

そんな中、私がお世話になった元・編集者二人から、あいついで著書が届いた。さっそく読む。

一冊は、マガジンハウスの編集者だった椎《しい》根《ね》和《やまと》さんの『49冊のアンアン』（フリースタイル）。『アンアン』の登場は画期的だった。それまでの女性ファッション誌には巻末に「作り方のページ」があったのだけれど、『アンアン』には無かった。既製の、最尖端のファッションばかりで構成されていた。写真も、服をちゃんと見せるというよりも、新鮮なオシャレ・センスを見せる――というふうだった。

写真ばかりではなく記事の見出しや文章もイキイキとしていた。それを椎根さんは「日本最初のヴィジュアル・ファッション・マガジン」と形容している。

というわけで、一九七〇年代初頭から『アンアン』（当時は平凡出版、今はマガジンハウス）と『ノンノ』（集英社）が若い女の子たちに熱く支持されるようになったのだ。

一九八八年、椎根さんは雑誌『Ｈａｎａｋｏ』の編集長に。連載コラムの書き手として私を指名してくれた。なぜ、私を指名してくれたのかは、恥ずかしくて聞けなかった……。

＊

さて、もう一冊はズシッと厚めの『小津安二郎』（平山周吉著、新潮社）。実はまだ三分の二くらいしか読めていないのだけれど……いやはやなんとも、これは小津映画、そして小津安二郎という人についての決定版になるのでは？と感じている。

私も小津映画、そして小津安二郎という人に興味があって、無謀にも『小津ごのみ』（筑摩書房）という本を出版させていただき、ちくま文庫版にもなっているのだけれど……。この『小津安二郎』には、厳密さ、克明さにおいても、全然かなわない。そういう意味で、読むのがちょっと、シャクだったりもして……スラスラとは読めないのだった。

装丁もステキ。カバー表紙をはずすと、何とも言えない色味の赤。まさに「小津ごのみ」では？

私も女だからか、あるいは下世話な話が好きなせいか、第九章「原節子結婚説――「痒い」平山「痒い」小津」と題された章をチラッと、先に読んでみた。小津映画にゆかりの深い女優三人（原節子、淡島千景、三宅邦子）の、「小津監督を語る」という座談会。

どうやら、小津監督は立ちあがる時にズボンをあげる癖があったらしい。「体に似合わぬ可愛い声」とも言って、女優三人は笑い合っている。うーん……「やっぱりね」と私は笑った。オシャレな小津監督に対しても女の視線はキビシイのだった……。

こんな小さなエピソードでも、小津監督と女優たちとの関係が好もしく連想させられた。

（2023年4月23日号）

◉議事堂探険◉満州育ち

大学時代からの友人・ツチヤ氏からお誘いあり。「久しぶりにイノセ氏に会わないか？　国会議事堂の中、案内してくれるって」と。

そう、イノセ氏とは猪瀬直樹さん。二〇〇七年、石原慎太郎都知事から指名を受けて副知事に。さらに、二〇一二年から二〇一三年まで都知事に（一年後、辞職）。現在は参議院議員。

一九七〇年代の後半だったと思う。ツチヤ氏が「高校時代からの友人が、フリーのライターをめざしているんだ。紹介するよ」と言うので会ってみたのだけれど、私は女性誌中心に働いていたので、協力できることはほとんど無かった。「申し訳ないなあ」と思っていたら、とんでもない、自力でサッサと〝社会派〟のライターに。『ミカドの肖像』（'86年）ほかで数かずの賞を受けて、今日に至る——というわけ。

猪瀬氏は、あい変わらずセッカチな、いや、元気な足どりで国会議事堂の中を案内してくれた。風格ただよう議場。ちょっと眺めただけでも、ここで日本の運命が左右されるんだ……と身が引きしまる。シロウトの私でもそう感じるのだから、初めて議席を得た議員たちは、なおさらだろう。責任感とか使命感とかに燃えるのでは？——と、一瞬思ったものの、その考えは「人によりけりか

「……」と、すぐに引っ込めた。

＊

四月五日。**畑正憲さんの訃報**が……。八十七歳。

八十代に入って、まもなく、心筋梗塞《こうそく》に見舞われ、入院。手術を受けて入退院を繰り返していたという。ムツゴロウさんの番組、いつのまにか無くなっちゃったなあ……と思っていたけれど、そういう事情があったのか……。淋しい。

多くの動物たちの命を支えるには大金が必要。東京都あきる野市に、「東京ムツゴロウ動物王国」を開園したものの、経営面で破綻し、巨額の負債を背負うようになった……というのが、つらい。

四月九日、フジテレビ「Mr．サンデー」では「ムツゴロウさん物語」と題して追悼。ゾウを

畑正憲さん（1935～2023）

「やさしさのカタマリ」と言っていたという話に、グッときた。ほんとう、あんな大きな体をしているのに、おだやかで、やさしい。

初めて会った動物とは、いっしょに寝るようにしてきた、とも語っていたという。さすがにライオンを手なずけるのは「いのちがけ」だったとも。

ムツゴロウさんは動物好きでありながら、マージャン好

きでもあり、実力はプロ級だったという。マージャンの世界にもランクはあって、「八段」とか「九段」だったとか。スゴイ！

ずうっと北の国の人と思い込んでいたけれど、ムツゴロウさんは九州の福岡市生まれで、少年時代は満州。満蒙開拓団の村で育ったとか。「なるほどねえ」と思った。ナミの日本人とは発想もスケールも違うのよね。

（2023年4月30日号）

◉けなげなロバ◉能の美とは

五月五日公開のポーランド＋イタリア映画の『EO《イーオー》』が面白い。ものすごく簡単に言ってしまえば、ある秘密を持つ一頭のロバ（その名はEO）の、ひとり旅（いや、一頭旅と言うべきか）を描いたもの。

物語はこんなふう……。EOは、ヨーロッパの町を巡るサーカス団に飼われ、若い女性団員のカサンドラと組んで芸を披露する幸せの日々を送っていたのだが……動物愛護団体によるデモによって、サーカス団から連れ出されてしまい、皮肉にも、ひとりぼっちになってしまう。EOは放浪の中で悪人とも善人とも出会う。そして、ついに……という話。

いやはやなんとも。ロバのEO、かわいいったらありゃあしない。首にニンジンの首飾り（？）をしている姿、最高！

「けなげ」という言葉そのまんま。人間のあさはかな欲望や悪意に対して超然としているように見

『EO イーオー』
BD 発売中
発売元：ファインフィルムズ

える。観ていて何度もＥＯの体を撫《な》でたくなる。抱きしめたくなる。

苦難の旅ののち、ＥＯはようやく安住の地（?）にたどりつく――。

そうそう……子どもの頃、アメリカ製ＴＶムービー『走れチエス』を、わくわくして観ていたことも懐かしく思い出された。牧場の少女と馬との愛情物語だった。

大学時代の男友だち二人は、卒業後、競馬関連の情報会社に就職。私も二度ほどだったかな、競馬場に連れていってもらって、まぢかに競走馬を見て興奮した。カッコイイ！　買った馬券は全然、当たらなかったけれどね……。

＊

先週号で書くつもりでいたのに、書き忘れてしまった……。四月八日、深夜、ＮＨＫ・Ｅテレの『ＥＴＶ特集　黒澤明が描いた「能の美」』を興味深く観た。

タイトルからして、私はエッ!?と意表をつかれたように思った。恥ずかしながら、黒澤映画と能を、結びつけて深く考えたことはなかったので。

実は黒澤監督は能に強い関心を持っていて、ドキュメンタリー映画『能の美』という作品をのこしていたのだった。

私は『蜘蛛巣城』（'57年）も『乱』（'85年）も観ているというのに、「能の世界みたいだな」くらいの感想はあったような気もするけれど、そこのところを深く味わうことはなかった。歌舞伎は若い頃から好きだったのだけれど、どういうわけか、能にはあんまり惹かれなかったのが、我ながら残念。

今回、『黒澤明が描いた「能の美」』を観て、はい、いささか、心を入れ替えました。今からでも遅くない（かもしれない）、苦手意識を振り払って、虚心になって能の世界を味わってみようじゃないか、と。能面自体は一貫して「すばらしい！」と思ってきたのだから。

そうそう、二十代の時の私が、一大ショックを受けた小説『ドグラ・マグラ』の著者・夢野久作も能を愛した人だった。しかも本格的に……。

ガサツな私。能のありがたさ、いつになったら、わかるのだろう……。ちょっとコンプレックス。

（2023年5月7・14日号）

◉ありのまま◉旅ごころ

日曜の昼さがり。美容院（いや、ヘアカット・サロンと言うべき？）で髪を少しカットしてもらった後、フト、同じビル内の書店をのぞいてみたら、『マンガ　ぼけ日和《びより》』（矢部太郎著、かんき出版）が目に入り、すぐにゲット！

私はお笑いコンビ「カラテカ」の、おどおどしたほう、矢部太郎のマンガのファンなのだ。『大家さんと僕』（二〇一七年）、『ぼくのお父さん』（二〇二一年）など。何といっても描線がキレイ。清潔感あり。

今回の『マンガ　ぼけ日和』は著者・矢部太郎が主人公の話ではなくて、老いによる認知症をテーマに据えた話。「あらっ、もしかして、私も必読ね」と苦笑。マンガの原案は認知症専門医の長谷川嘉哉《よしや》さんが担当したというのだから本格的だ。はい、タメになる本です。

全部で二十五編の、短めのマンガが、おさめられている。認知症をめぐる人びとの苦しみ、おかしみ……。

たびたび、私自身の体験――老後の父と母のことを思い出さずにはいられなかった。父母ともに長生きしたので、認知症というほどではなかったものの、やっぱり、晩年は、どこか人格崩壊的なところがあった。

このマンガに登場する医師は、患者の家族に、こうアドバイスしている。

「私が見てきた中で、認知症になっても笑って過ごせているご家族は、〝しっかりしてよ〟などと〝これまでどおり〟を求めるのではなく、〝ありのまま〟。親と子が逆転したことを受け入れる。それが本当の大人なのかもしれません」――と。

後半の「胸のうち」と題された話のラストに、つい、涙……。特に男の人に、読んでもらいたい。

『マンガ　ぼけ日和』矢部 太郎／著　長谷川 嘉哉／原案（かんき出版）

＊

『早春賦《そうしゅんふ》』という歌がある。「春はなのみの風の寒さや……」という歌詞で始まる歌。子どもの頃、耳にして、ステキな歌だなあと、ずうっと思っていた。「春は名のみの」ではなく「春、花のみの」と、まちがえたうえでステキと思っていたのだった。

ちょっと考えてみれば、タイトルが『早春賦』なのだから、「春は名のみの」であることに気づくはずなのにね。恥ずかしい。この時期になると、必ず思い出してしまう。

今、あらためて『早春賦』をチェックしてみると……一九一三年（大正二年）に発表された唱歌で、長野県大町市から安曇野《あずみの》一帯の早春風景をイメージしてできた歌だという（作詞・吉丸一昌、作曲・中田章）。私は一番の歌詞しかおぼえていないけれど、実は三番まであるんですね。

（２０２３年５月21日号）

◉「色」と「形」◉ありがとう、海野さん◉クシャミ連発

東京・上野にある東京都美術館で開催中の「マティス展」が愉しい。

私はマティスの大ファンというわけではないが、子どもの頃から何となく好きだった。色使いがキレイで楽しくて。

今回の「マティス展」で初めて知ったのだが、アンリ・マティスは一八六九年生まれだったのね。

日本で言ったら明治二年！　そんなに昔に生まれた人だとは思っていなかった……。

　パリ国立美術学校で学び、一九〇五年にはフォーヴィスム（野獣派）のリーダーとして注目される。南仏に移住し、一九五四年にニースで亡くなる。八十四歳。悠々たる画家人生……。

　陰影や立体感の描写に関しては省略的なところが私は好き。たぶん、日本人好みでもあると思う。どうやら赤が特別に好きなようで、背景が赤という絵が複数あり。楽しい。わくわくする。

　俄然、私も絵ごころを誘われる。「色」と「形」で遊びたい。原稿用紙のマス目をコツコツ埋めるばかりのお仕事よりも、だいぶ気分は華やぐのでは？……と書きながら、どんどん本気になってゆく。八月二十日までなので、もう一度、観に行くつもりです。

＊

五月二日、新聞に海野《うんの》弘さんの訃報が……。八十三歳だったという。

　一九七〇年代の頃だったろうか、アール・ヌーボー、そしてアール・デコという美意識の流れに興味を持つようになって、海野弘さんの著作を次々と読みあさるようになった。私は生まれてもいなかったアール・デコの時代の風物（おもにファションと建築物）に強く惹かれていたので、海野弘さんの著作の数かずはありがたかった。

　今、スマホで海野弘さんの著作リストをチェックしてみた

海野弘（1939～2023）。影響を受けた人は多いはず

ら、毎年、複数の著書が出版されている。質・量ともに圧倒的。さらに翻訳した本の数かずも……頭、さがります。

*

グチっぽい話で恐縮ですが、一カ月ほど前から花粉症で苦難の日々……。熱があるわけでも、頭が痛いわけでもなく、ひたすらクシャミ連発という症状。薬局で、呑《の》み薬と塗り薬を買い込んだものの、まったく効果なし。仕事柄、映画の試写会に行かなくてはならないのが、ちょっとした試練。クシャミが出ても厚めのマスクをしていれば、少しは、はた迷惑にはならないかも……と思ってはいるものの、さすがに厚めのマスクは息苦しくて。

そんな状態で、明日は旧友たちと小さな旅。おとなしく「ひきこもり」ができない私……。

（2023年5月28日・6月4日号）

◉無理心中？◉老犬・ボビ

歌舞伎俳優・市川猿之助さん（四十七歳）一家の怪事件にビックリ。

猿之助さんの御両親は向精神薬中毒で死亡したとみられている。猿之助さんは半地下の部屋でグッタリしていて、病院に搬送されたが命には別条ないという。両親との無理心中をくわだてたとい

市川猿之助さん。いったいなぜ!?

うことなのか？　謎が多すぎる！

私は、この数年、さまざまな理由で歌舞伎から遠ざかってしまっていたので、猿之助さんの活躍ぶりは、よく知らない。新作歌舞伎『ワンピース』やTVドラマ（『半沢直樹』など）でも活躍していたようなのだが……。再起してほしい！

さて、その新聞記事の隣に**ヘルムート・バーガーの訃報**あり。

ヘルムート・バーガーといったら、若き日の私の「ごひいきスター、ナンバーワン！」だったのだ。

イタリア映画界の巨匠、ヴィスコンティ監督に見出《みいだ》され、『地獄に堕ちた勇者ども』（'69年）の、マレーネ・ディートリヒ風の女装シーンで鮮烈な印象を残す。

『ドリアン・グレイ／美しき肖像』、『雨のエトランゼ』、『悲しみの青春』、『ルートヴィヒ』、『別離』、『家族の肖像』、『サロン・キティ』など、七〇年代は（私にとっては、かもしれないけれど）断然、「ヘルムート・バーガーの時代」なのだった。

めちゃくちゃな暮らしぶりだったのに、七十八歳まで生きのびたのだから強運の人ではあったんだな……とも思う。

＊

大学時代からの友人・T氏から悲しい知らせ――。奥さんのK子さんのお母様・琴子さん（97

歳！）が亡くなった、と。つい最近、T氏宅を訪れた時にはバリバリお元気で、おしゃべりしていたのに……。

琴子さんはクリスチャンだったので、葬儀は銀座教会で。私、教会での葬儀に参列するのは、もしかすると初めての体験？

洋画で観る通りのダンドリ。日本式の葬儀よりシンプルで、かえって死者と静かに対話しているような気分になった。

私自身については「葬式いっさい無用」と妹に言い渡しているのだけれど、うーん、銀座教会だったら簡略なうえ、ちょっとカッコイイかも。それ用の、気にいった顔写真を撮っておくべきか……。

なあんて柄にもなくシリアスな気分になってしまった。そそくさと、切り抜きノートを開けて、あのワンコの写真を見る。

数日前の朝日新聞に掲載されていた**「世界最高齢の犬〝ボビ〟」**の写真。

今年二月にギネス世界記録に「世界最高齢の犬」として認定された、ポルトガルの「ボビ」の、三十一歳の誕生日の記念写真——。老犬ながら超かわいい！　全体に茶色で、タレ耳。「ボビは自宅付近の森を自由に歩き回ってきた。多くの動物に囲まれて育ったおかげで〝社交性がある〟」という言葉も、ほほえましい！

（2023年6月11日号）

◉ひとりぼっち？◉阿炎vs.高安

長野県中野市で起きた四人連続殺害事件——。地元に住む三十一歳の男（青木政憲容疑者）が、近所に住む女の人（六十六歳と七十歳）を刃物で殺し、自宅に立てこもる。

通報で駆けつけた警察署の警部補（四十六歳）と巡査部長（六十一歳）を猟銃で撃ち、死亡させた。自宅には母親と、伯母がいて、警察に出頭するよう説得したものの、拒否。ようやく明け方近くに投降……。

まだ詳細はわからないが……女の人（二人）が、「ひとりぼっち」と言って自分のことをバカにした……というウラミを抱いていたようだ。

それが、ほんとうの動機だとしたら、子どもっぽいなあと思う。「ひとりぼっち、上等！」という気概は無いのか。生まれ育った世界が全世界なんですね。そこが居づらかったら、一人で出て行って、自分の居場所をみつけるようにすればいいのに……と、つい、私は思ってしまうのだけれど、そうもいかなかったのか？

「女に悪口を言われている」と思い込んでいたという。精神科の医師に相談したりは、しなかったのか？　話を聞いてくれる相手はいなかったのか？

何だか横溝正史の世界みたいだなあ、という感じも。市川崑監督の映画化でしか知らないが、『犬神家の一族』（'76年）とか『八つ墓村』（'96年）とか。

職務とはいえ、命を奪われた警官の家族や友人たちは、たまらない思いだろう。

九重部屋の千代丸（右）。そのネーミングもいいね！

＊

大相撲五月場所（両国）十一日目。南伸坊さん、泉麻人さんとマス席にて観戦。場内はほぼ満員。コロナ対策は、席につく前に手を消毒するくらいで、掛け声もＯＫ。

相撲と言ったら、「濃厚接触」は避けられないものでしょう。四《よ》つに組むことが多いのだから。それが心配だったのだけれど、土俵にあがった力士たちは少しも気にしていないかのよう。

十両には、千代丸という超かわいい力士がいて、ついつい千代丸ちゃんと〝ちゃん〟づけになってしまう（実はもう三十二歳なんですよね）。

もっかの私のヒイキは、阿炎《あび》、高安、遠藤、翔猿《とびざる》、朝乃山といったところなのだが、その日は阿炎vs.高安という取組だったので、どちらを応援するべきか真剣に（？）迷ったりして。

オペラグラスで客席を見てみると、私がひそかに「イタリア・マダム」と呼んでいる常連客の姿が無い。髪は白く、ガッチリした黒ぶちメガネをつけている、カッコいい人なのよ。ご病気かしら？と、ちょっと気がかり。

さて。観戦後、南さん泉さんと近くの料理屋へ向かう。お相撲大好きだった坪内祐三さんは国技館を出ると、先頭きって、振りむくこともなく、足早に歩いていた。そのセッカチな後ろ姿が懐かしい。

（2023年6月18日号）

◉ジュリーがいた◉アノニマスって!?

ズシッと厚い『ジュリーがいた――沢田研二、56年の光芒《こうぼう》』（島崎今日子著、文藝春秋）、一気に読んだ。読み始めたら、もう、とまらない。さまざまな記憶が蘇《よみがえ》り、入り乱れ、異様な気分に――。

私もいちおう戦後生まれのベビーブーマー。同世代。六〇年代末からの、いわゆるグループサウンズ（GS）には興奮した。ロック系からフォーク系まで多彩なグループの中で、沢田研二《ジュリー》を擁するザ・タイガースと、萩原健一《ショーケン》を擁するザ・テンプターズは、突出した人気を得ていたのだが……。

七〇年代に入るとGSブームは失速。それでもジュリーもショーケンも消え去ることはなかった。「演技」のセンスも持ち合わせていたからだろう。

自慢たらしく書くが、八〇年代半ばだったろうか、ジュリーの衣裳を一手に担当している早川タケジさんと知り合ったこともあって、ジュリーのコンサートには毎回、足を運ぶようになった。

田中裕子主演の映画『二十四の瞳』（'87年）のロケの取材で、ライターや編集者数名が小豆島に招待されたことがあった（二泊三日だったかな?）。ちょうど田中裕子とジュリーとの〝熱愛〟の噂が出ていた頃だったので、興味しんしんだったけれど、ジュリーが現れることはなかったよ

沢田研二。久世光彦さんもファンだった……

うだ……。

その年、ジュリーはザ・ピーナッツの伊藤エミさんと離婚していた。結局、八九年にジュリーと田中裕子は、出雲大社で結婚式……あらーっ、もう三十年以上、経っているのね。この本によると、ジュリーは田中裕子のことを「おかあちゃん」と呼んでいるらしい……。

独立時からジュリーを支えてきたプロデューサー、大輪《おおわ》茂男氏は「僕にとって沢田研二は偉大なる常識人で、その偉大なる常識人が一番偉大なる美を作ると思っていました。虚飾の美って、ジュリー以外、誰が作れるんですか？　作れないでしょ」……と述べている。うーん……確かに！

*

TVで「アノニマス」がどうのこうのと言っていた。最近、何かでこの言葉を知ったのだけれど……うーん、私、忘れっぽくなったのか、「アノニマス」って何だったっけ？

がんばって思い出せばいいのに、モノグサなので、スマホで検索。はい、即、画面に出てきました。「インターネット上の匿名性や情報発信の自由を守ることを旗印に掲げ、これに制限や規制を加えようとする政府や団体、企業などにサイバー攻撃をかける国際集団……」うんぬんと。ひとことで言えば「匿名のハッカー集団」。

やっぱりねえ……と私は思った。出版業界では昔から「文責」という言葉がある。「文章を書いた責任」という意味で、著者や編集者は責任を負う。それだけのことだけれど、できるだけ、まちがったことを書いたり、むやみに人を傷つけるようなことを書いたりはできない――という意識を持っていると思う。
私はよく知らない世界だが、ネットの世界は「文責」ナシなのだろう。無責任が、いわゆる陰口が、通用する世界なのだろう。カンベンしてほしい。

（２０２３年６月25日号）

70年代の輝き。
私だって70年代は…
ピチピチ・ギャルよ！
Helmut Berger
1944-2023

今年五月十八日のこと。ヘルムート・バーガー、死す！の報にドキリ。若き日の私が一番注目していたスターだったのだ。78歳——。

　オーストラリア人だが、たまたまヴィスコンティ監督の目にとまり、『華やかな魔女たち』（’66年）で映画デビュー。ヴィスコンティ監督の最高傑作『地獄に堕ちた勇者ども』（’69年）での、マレーネ・ディートリヒ風の妖しい女装シーンで一躍、注目を浴びた。私も一気にファンとなって、出演作品を追いかけるようにして観た。

　ヴィスコンティ監督もヘルムート・バーガーもバイ・セクシャルだったという。ヴィスコンティの死後も映画出演していたものの、迷走。体をこわし、二〇一九年に引退。

　メチャクチャな生活をしていたわりには、『家族の肖像』、『サロン・キティ』、『ゴッドファーザーPARTⅢ』など上等映画に出演。やっぱり根底には俳優だましいがあったのかも？

2023年6・7月

梅雨寒や探しものはみつからず

◉末期的?◉モロッコの三人

アメリカの軍事関係者によると――ロシアとウクライナの戦闘の中で、ロシア側は二万人以上が死亡。八万人が負傷。死者の半数の一万人は**民間軍事会社「ワグネル」**に雇われた人たち。その多くは、元・受刑者だった――。

人を人とも思わない。プーチンの冷酷さ。ロシアのマスメディアは、どうなっているのだろう？ そういう実態は、国民にいったい、どこまで伝えられているのだろう。

ジレったいったら、ありゃあしない――とイラだつと同時に、もはやプーチンも先が見えてきたんじゃないの？とも思う。受刑者まで狩り出さなくてはならないなんて、ほんと、末期的症状なのでは？

さて。唐突な話になるけれど……日本の近代文学は、ロシア文学から大きな影響を受けた。ドストエフスキーとかチェーホフとか。

二葉亭四迷は（今で言えば）外国語大学でロシア語を学び、ロシア文学の翻訳を手がけ、さらに、当時では珍しかった言文一致体の小説『浮雲』を発表。ジャンルとしては恋愛小説だけど。女に翻弄《ほんろう》される男の話。私は「ほとんど喜劇だよね、面白いわー」と思った記憶あり。

文学だけでなく演劇やバレエの世界でもロシア（旧ソ連）は憧れの的だったはず。私の一番の憧れはボリショイサーカスだったけれど。

プーチン大統領

何とか、おだやかな形でプーチン政権、自滅していただきたい。

＊

現在公開中の映画『青いカフタンの仕立て屋』、断然オススメします。

モロッコの旧市街の仕立て屋を舞台に展開される三人の男女の物語――。

カフタン（スポンと頭からかぶれる、ゆったりとしたシャツ状のもの）の仕立て屋ハリムは、勝気顔の妻・ミナと共に、伝統を守り抜いて、すべて手仕事でカフタンを作り続けてきた。ミナはそういう夫・ハリムが好きだった。

そんなある日、ユーセフという若者がやって来て、助手になる。ハリムは、たちまちユーセフの才能に気づく。惜し気もなくユーセフにさまざまな技術を教える夫ハリム。その様子に、妻は嫉妬のような感情を抱かずにいられない……という、いわゆる三角関係の様相を帯びるのだが……と、これ以上、詳しく書かないほうがいいだろう。

多くは作業現場のシーンで、三人の間に流れる微妙な空気というものが、静かでありながらクッキリと、サスペンス感を持って描かれてゆく。

そうそう、店の中の、さまざまな布や刺繍《ししゅう》も、おおいに目を楽しませてくれた。

観終わった後味は、けっして悪くない。むしろ、大きく深呼吸させられたような気分になる。

人間というもの。愛というもの。はい、奥深いものですね。監督・脚本を手がけたのはマリヤム・トゥザニという一九八〇年、モロッコ生まれの女の人――。

◉妖しい絵◉替え玉説も

書評の仕事もしているので、ときどき新刊本が送られて来る。数日前送られて来た『近代おんな列伝』（石井妙子著、文藝春秋）を手に取って、「おやーっ、これは！」と目を見張った。表紙カバーの絵からして妖しいのだ。

豊かな黒髪を髷《まげ》に結った赤いキモノ姿の女。一見、しとやかで、やさしげに見えるのだけれど……どこか、何かをたくらんでいるようにも感じられる。大ゲサな言い方になるけれど、「妖気」のようなものが漂う絵。陰性の色気。

面白いなあ、好きだなあ……。私は気に入った。その絵を描いた人は甲《か》斐荘《いのしょう》楠音《ただおと》という日本画家だという。

『近代おんな列伝』。37人の女たち

スマホで検索してみると、大正時代から昭和の三十年代まで活躍。京都の裕福な家の子。幼い頃から病弱。大正時代は「大正ロマン」を代表する人気画家だったという。溝口健二監督と知り合い、映画『残菊物語』（'39年）、『芸道一代男』（'41年）、『雨月物語』（'53年）で時代風俗考証家としても活躍……という人なのだった。一九七八年になくなった（83歳）――。

（2023年7月2・9日号）

さて、かんじんの本文のほうは……というと、多くの人に知られた有名人ばかりでなく、あまり知られていない女の人たちにもスポットが当てられている。

「勝海舟を拒否した正妻」とか、「高杉晋作〝妻妾〟の光と影」とか、「富貴楼のお倉　料亭政治を作った女」とか……。男の人が読んでも女の人が読んでも興味深く面白い本になっていると思う。

＊

ロシア・ウクライナ問題――。民間軍事会社「ワグネル」のトップ（創始者）で、いわゆる「汚れ仕事」を担当していたプリゴジン氏が、プーチン政権を批判したと思ったら、一時行方不明に。こわいわ〜。

メディアでは「プーチンの求心力の低下」を指摘している。たぶん、多くの人がそう思っているのでは？

笑い事ではないのだけれど……「プーチン替え玉説」というのも、にわかに出てきた。ウクライナに行った時のプーチンは替え玉だったのでは？と。写真で見ると、確かに別人のようにも見える。おもに頬のふくらみが……。

さらに替え玉は複数存在しているという説も。いったい、どうやって替え玉をスカウト（？）できたのだろう？　ちょっと似ている人物を探し回らせ、スカウトさせて、さらに（似ていない部分を）整形したのだろうか？　ヒトラーにも替え玉がいたという説もある。

まったくもって……独裁者になるのも大変だ。「疑心暗鬼」が、どこまでもついて回るのだろう。

（２０２３年７月16日号）

◉ハエタタキ◉父のトラウマ

新聞の読者投稿ページに、こんな俳句が掲載されていた。埼玉県越谷市の人の一句——。

遠き日の遠き暮しの蠅叩《はえたたき》

アッと思いましたね。ハエタタキは懐かしい。「遠き日」というのは昭和に違いない。

その頃は、やたらとハエが多くて、どこの家にもハエタタキの一つや二つは、あったものだ。棒状の先に四角く薄い網の目状の板がついていて、とまっているハエをバチッと叩きつぶす。夏の必需品だった。

私は三十歳を目前にして「遅すぎる家出」をして以来、都心のアパートやマンションを転々として来た。ハエや蚊も、都心は、さすがに住みづらいのだろう。ハエタタキというもの、今やすっかり忘れていた。

ハエよけの卓上カバー（?）みたいなものも思い出された。小型のカサのような物で、卓上に並べた料理にハエが寄らないようにする。そうそう……台所には、ハエ取り用の粘着リボンというのも吊《つる》されていたように思う。

そんな光景の中には、いつも母がいた。

＊

七月三日の『毎日新聞』夕刊の文化欄。「名著を探訪——戦後78年」という連載記事で『**収容所から来た遺書**』が紹介されていた。

昨年冬に公開された映画『ラーゲリより愛を込めて』で二宮和也が演じた主人公・山本幡男さんの息子である山本顕一さん（八十七歳）をインタビューした記事だった。

映画『ラーゲリより愛を込めて』公開時にも書いたことだが、山本幡男さん一家の末っ子の、はるかさんは私が通っていた女子高の先輩（四歳上）で、私が入学した時には、すでに卒業して東京外国語大学のロシア語科に進学していた。私と親友K子が尊敬していた国語教師から、ほんのちょっとだけだったけれど山本家の話は聞いていた。

K子は無事、外語大ロシア語科に進学。私は、一度だけだが、外語大のキャンパスで、はるかさんと顔を合わせたこともあった。

今回、長男である山本顕一さんへのインタビュー記事では、「父（山本幡男）はいつも不機嫌でイライラしている、怖い人でした」「酒が入って酔いが回ると、大声で軍部の悪口を言っていました」。

ある時、顕一さんが言葉遊びをしていた。それに激怒した幡男さんは五歳だった顕一さんの首に包丁を押し当てた。子ども

長男・山本顕一さん。立教大名誉教授

ながら死を覚悟した時、母親と祖母が懸命に止めて、事なきを得たという。「（それが）長い間トラウマになってしまいました」……。

うーん……。そういう一面もあったのか。胸が痛む。男の人は家庭の内と外では別人のような人柄を見せることも多いような気もする。よくも悪くも。

（２０２３年７月23・30日号）

◉人生の相棒◉不健康パワー

七月二十八日公開予定の、アメリカのドキュメンタリー映画『猫と、とうさん』、オススメします。

私は犬好きで、猫にはあんまり興味がなく生きてきたのだけれど、このドキュメンタリー映画を観たら、俄然、考えが変わった。猫といっしょの暮らしも、いいかも……と。

九人の男たちと九匹の猫たち――。ニューヨークで路上生活を送る男、アメリカ中をトラックで回るヒゲヅラ男、ハリウッドでスタントマンとして活躍している男……など。それぞれの人生がスケッチされてゆく。

そんなシンプルな構成だけれど、九人の男たちの人柄や暮らしぶりはクッキリと伝わってくる。猫との出会い方も、それぞれだ。もともと猫好きだった人もいるし、べつだん猫には興味がなかったという人もいる。それでも、みな、今や猫なしではいられない。たいせつな相棒になっている。

いかついヒゲヅラ男が、小さなお姫様を抱くかのように、やさしい手つきで猫を撫でている様子

『猫と、とうさん』
2023年12月DVD発売
発売元：ファインフィルムズ
© Gray Hat Productions LLC 2021.

は、何とも楽しく、面白い。ニューヨークで路上生活を送っているオヤジにとっては、猫は「生きる希望」だったりもするのだろう。

あらためて、猫と人（そして犬と人）との、長い共存の歴史を思わずにはいられない。

この映画、タイトルにあるように、飼い主は男ばかり。猫と女では、何だか当たり前のようで、あえて男たちに限定したのだろうか。

ほんと、いい年したオヤジが、やさしく猫を抱っこしていたり、路上生活を送るジイサンが猫を抱いてキスしていたりする。猫、という、おおいなる救い――。

*

前々回のこの欄で、新刊本の『近代おんな列伝』（石井妙子著、文藝春秋）の表紙絵がスゴイと書いた。

美人画には違いないのだが、どこか「妖気」のようなものを感じたので。その画家の名は甲斐荘楠音。大正から昭和の三十年代まで活躍した京都人だということを知った。

俄然、この画家に興味を持ったわけだが、なんと、東京ステーションギャラリーで**『甲斐荘楠音の全貌』**と題した絵画展が開かれているというではないか。

さっそく東京駅（丸の内北口）のギャラリーへ。はい、ナマで見た甲斐荘楠音の「美人画」の数かずは、さらに妖気たっぷりに感じられた。こわいほど。美しいとか、かわいいとか、そういう次元のものではないのよ。

ヘンな言い方になるけれど、不健康パワーに圧倒されたという感じ。よくも悪くも。

（2023年8月6日号）

◉あの日、あの時◉ヨーロッパ最後の？

新刊の『**名優が語る　演技と人生**』（関容子、文春新書）を一気読み。

芸能の世界、とりわけ演劇（および歌舞伎）に長年親しんで来て、演者からも信頼されている関容子さんによるインタビュー集。その顔ぶれは、①仲代達矢・岩下志麻、②鳳蘭・松本白鸚《はくおう》、③柄本明・白石加代子、④小日向文世・渡辺えり、⑤野村萬斎・麻実れい、⑥吉行和子・小林薫、⑦梶芽衣子・西島秀俊、⑧桐竹勘十郎・寺島しのぶ――。

各章とも興味深く、面白く読んだ。その中で、特別に嬉しかったのが、柄本明・白石加代子の章。「早稲田小劇場」のことがリアルに語られていたからだ。

一九六六年のある日、早大生だった私は、構内に一枚のビラが落ちていたのに目をとめた。早稲田小劇場なる演劇集団が、すぐ近くの喫茶店「モン・シェリ」の二階で公演するというビラだった。なぜか心惹かれ、一人で観に行った。二階と言っても、イス席なんぞは無く、建物の木組みがムキダシになっているような所（だったと思う）。いちおう靴は脱いでビニール袋か何かに入れて、屋根の木組みに頭をぶつけないようにして、座った。「演劇」というより「見せもの」ムード。わくわく。

さて、そこで演じられたのが（あとになって、わかったのだが）歌舞伎の「桜姫東文章」を芯にした芝居なのだった。ヒロイン役の白石加代子の怪演に、グッ！と来た。

それがキッカケとなって、その後の早稲田小劇場も追い駆けて観に行った。さらにアルバイト（小学生の塾の先生）代をはたいて、歌舞伎座に行ったり、鶴屋南北全集を買い込んだりするようになった……。

柄本明青年も、あの頃、あの「モン・シェリ」の二階で舞台をみつめ、仰天。演劇人生に入るキッカケになったという。もう半世紀も昔のことだけれどね。

柄本明さん。銀座生まれの団塊世代

＊

さて。もっかの私の注目人物は、プーチン氏と親しげに写真におさまっているベラルーシ共和国の初代大統領（と言っても一九九四年から、ずうっと）**アレクサンドル・ルカシェンコ氏**（六十八歳）。

あの手この手の不正選挙で、大統領に。エーッ、そんなことが通用してしまうの!?と驚いてしまう。「ヨーロッパ最後の独裁者」と言われているという。

顔写真を見ると、妙な愛敬《あいきよう》あり、何だか、シャクにさわる。

ベラルーシと言えば……女優の岸惠子さんの著書『ベラルーシの林檎』というタイトルを思い出す。今からちょうど三十年前に出版されて、評判を呼び、日本エッセイスト・クラブ賞も受賞したのだった。

私は読んでいないけれど、何となく素朴で清らかで野趣のある国なのだろうな……と勝手に想像していたのだったが……どうやら違うようなのね……。

ヒトラーを賞賛し、ユダヤ人を嫌悪……という、ルカシェンコ氏のプロフィールを知れば、もうそれだけで危険人物と思ってしまうのだけれど……逆に、国民の多くは「頼もしい」と思う人たち、いや、思わされている人たちが多いのだろう。

（2023年8月13日号）

◉血の絆◉脳と「身なり」◉花火の夜

七月二十五日。新聞をひらけば、なまなましい事件が二件。

一件は**札幌のホテルで起きた遺体切断事件**――。六十二歳の会社員男性が頭部を切断された状態で発見された。道警は札幌在住の精神科の医師（五十九歳）と、その娘（二十九歳）を死体損壊、死体遺棄などの疑いで逮捕。

どうやら娘と男の間でトラブルがあり、男を殺傷。処置に困って父親に通報。深夜から未明にかけて、ホテル内で、死亡した男性の首を刃物のようなもので切断し、頭部を別の場所まで運んで遺棄した疑いがあるという。

うーん……父親の動転ぶりが想像されて、胸が痛む。正常な判断は、できなくなっていたのだろう。

さて、その記事の下には、「8歳殺害容疑　母逮捕――水戸・5歳も死亡　3人暮らし」という見出しの記事が……。それによると、水戸在住の母親で自称パート従業員の女性（三十九歳）は、小学三年生の男の子と保育園児の子を刃物のようなもの（包丁らしい）で殺害。同日の午前六時半頃、自宅アパートから「子どもを殺した」と110番通報したという。子ども二人は搬送先の病院で死亡が確認された……。

「家族」「親子」「血の絆」というもののダークサイド。長きにわたってしまったコロナ禍も、いくぶんか関係があるのでは？

＊

何の番組だったか、メモしていなかったので忘れてしまったけれど、脳に関しての解説番組を興味深く観た。さまざまな解説の中で、私が「ほんとうに、そう！」と思ったのは、脳と身なりの関係――。脳の衰えは身なりにあらわれるという。身なりに気をつかうというのは、「自分と他人」「自分と社会」をシッカリと認識しているからなのだろうか。

ということは……身なり（ファッション）に気をつかい、それを一つの楽しみにすることは、ボケ防止にも有効ということだろう。トシヨリほどファッションに気をつかい、そしてそれを楽しむべきなのでは？

TVをつければ、グルメと称した番組（私は、ひそかに、くいもの番組と言っている）ばかり。「うーん、おいしい！」というキマリ文句――シラケる。中高年（特に男）のファッション番組、あってもいいんじゃないの？

＊

七月二十九日。**隅田川花火大会**。交通規制のなか、駒形橋のすぐ近くのビルに住むMちゃん宅に集合。向いのビルの屋上では、若者たち数人が、すでにして酒盛り。

やがて、ドーンという音と共に、花火が打ちあがる。これでもか、これでもかとばかり、大輪の花火。まるでコロナ禍のウップンを一気に爆発させたかのよう。

四年ぶりの開催とあって、今回の隅田川花火大会は最多の百三万人が押し寄せたという。その気持ち、わかる。

あらためて花火って面白いものだなあ、と思った。

おおぜいの人たちが、いっせいに同じ夜空を見あげ、感嘆の声をあげたり、拍手をしたり。海外でも花火の打ちあげはあるけれど、日本の花火の美しさは世界一なのでは？

（2023年8月20・27日号）

この人を嫌う人はめったに無いのでは？？
何を言っても下品にはならない人。
テツコさん
（トットちゃん）

六月十七日。テレビ朝日の『大キョコロヒー』と題した番組に黒柳徹子さん登場（つい、〝さん〟が付いてしまう）。テレビ草創期の貴重な証言。懐しい。

父の仕事の関係で、わが家のTVの導入は、わりあい早かった。近所の子がプロレスや野球中継を見にやって来た。それも、つかのま。すごいイキオイで、どの家にもTVがあるようになっていった。

徹子さんも言っていたことだけれど、ナマ放送では、いろいろおかしなことがあった。スタジオのカメラの前を、演者ではなくTV局のスタッフの人が横切ってしまったり、テストパターンと称した静止画像が長々とあったり。

夜はアメリカのホームドラマで埋められていた。『うちのママは世界一』とか『パパは何でも知っている』とか。はい、だいぶ洗脳されたと思います。「ウチは、なんて封建的なんだろう！」と。

当時はTVの放送時間が今より、だいぶ短かった。チャンネルも、NHK、日本テレビ、TBSの三局しかなかったと思う。

2023年8・9月

炎天や何か忘れた心地して

◉イランの大地から◉不滅のコロンボ◉深夜のセミが

八月二十五日から上映のイラン映画『君は行く先を知らない』、オススメします。監督のパナー・パナヒは、有名監督・ジャファル・パナヒの長男とか。

イランの大地をひた走る一台の車。その車に乗っているのは、中年夫婦と二人の息子、そして一匹の犬。長男は成人だが、次男はまだ子ども。楽しい家族旅行かと思いきや、やがて、その旅の、きびしい真意がわかってくる……。実は、一家はイランからトルコへと、命がけの脱出をしようとしているのだった。

一家（と愛犬）の脱出劇なので、おのずから緊張感ばかりではなく、日常的なゆるさやおかしみも漂う（愛犬の死はショックだったけれど）。

イランの政治・経済・宗教などに関して無知ながら、アッバス・キアロスタミ監督映画は好んで観てきた。小津安二郎監督作品をしんそこ敬愛していた監督だった。『友だちのうちはどこ？』『オリーブの林をぬけて』『桜桃の味』など。二〇一六年、ガンで逝去。七十六歳。

この『君は行く先を知らない』を観て、久しぶりにアッバス・キアロスタミ監督作品の数かずが懐かしく思い出された。

＊

八月七日。『毎日新聞』「仲畑流万能川柳」欄の中に、

何回目コロンボポアロシャーロック

という投稿があり、「ほんと、そうだよわえ!」と笑った。『刑事コロンボ』『名探偵ポワロ』『シャーロック・ホームズの冒険』――海外ドラマの、この三本。特に『コロンボ』はたびたびリバイバル放映されてきた。以前に観て、犯人も犯行の手口も(おぼろげながら)記憶にあるのに、つい、観てしまう。やっぱり、コロンボという人物像の面白さゆえ、だろうか。

言うまでもないけれど、コロンボを演じたピーター・フォークは三歳の時から、右目は義眼だった。そんな「ハンデ」も「個性」に変えた、その意志の強さ……。

ピーター・フォークは二〇一一年、八十三歳で亡くなった。

*

さて、昨夜のこと。ぐんにゃりとソファに座り、というより、寝そべった状態でTVを観ていたら、私の目の前を何だか黒っぽい物が横切って、飛んできて、隣の寝室に侵入、バタリと息絶えた様子――。

なんだ、なんだ、なんだ!?と思い、寝室をのぞいたら、床に大型のセミが……(よく見なかったけれど失神状態というか、即死状態)。

何だか、おそろしくなって、ティッシュ数枚を手にして、そのセミをつかんで、すぐさま、同じ階にあるマンション住民共用の大きなゴミ箱に。

ただ、それだけのことだというのに、ドキドキしてしまった。

私の部屋は十二階。しかも深夜。いったいどうしてセミが飛び込んで来たのか？　三十センチくらい窓をあけていたものの、あかりを求めてやって来たとも思えず……。何だか小さな罪をおかしたような気分。

（2023年9月3日号）

◉仲畑流万能川柳◉「〜ですし」

「仲畑流万能川柳」選者・仲畑貴志さん

私、今月末にヒッコシの予定――。とは言っても、ヒッコシ先は隣にできた新築マンションに、今のマンションの住民の多くが揃《そろ》ってヒッコシするのだ。

今まで都内で三度（あれっ!?　四度だったかな？）ヒッコシをしてきた。冷蔵庫やテーブルなどはともかく、衣類や本などの仕分けや梱包《こんぽう》などは自分でやってきたのだったが……うーん……今のマンションに住みついて、もはや三十年以上。家具も本も、思いっきり増えてしまった……。

というわけで、全面的にヒッコシ業者にまかせることにした（ヒッコシ料金の額を知らされてクラクラ……）。

昨日、ヒッコシ業者（男子二名）がやって来て、本とDVDを次から次へとダンボール箱に……。ザッと五十箱くらいだろうか（積みあげられているので正確な数は、つかめない）。

というわけで、もっかダンボール箱に囲まれた中で、小さくなって、これを書いているのです。おちつかないこと、おびただしい。

さて。そんな中、本日（八月二十一日）の『毎日新聞』の「仲畑流万能川柳」欄を見て、笑った。「戦場で同じ月見る敵味方」（作者は武蔵野・竹とんぼ）という句がトップで選ばれていた。なるほど、人間同士じゃないか！という気持ちが込められていて味わい深い……と、感心。

さて、もう一句。トップでの掲載ではなかったけれど、私が笑ったのは、**「遺言書五七五でもいいですか」**（作者は大阪・えみりん）。好きさ！　名前からすると女の人だよね。

＊

近頃、ちょっと気になることがある。オリコウ風の（？）若い子（20代から40代？）の話し方。自分の意見を言う時に、「〜ですし」とか、「〜ますし」という言い方をするのが、私としては少々、不思議というか不快というか。「です」「ます」に、なんでわざわざ「し」をつけるのか⁉　理解できない。

ひとつ考えられるのは、こういうことなんじゃないかと思う。「〜です」「〜ます」だけだと、センテンスがそこで切れてしまうわけだが、「し」をつけさえすれば、聞き手のほうは、「あっ、まだ話の続きがあるのね（つまらない話でも）」と理解して、黙って耳を傾け続けざるを得ない。要するに自分の意見をジャマされたくないということなのでは？

なあんて、かん繰《ぐ》ってしまうわけだが、「〜ですし」「〜ますし」の若い子たちは、たんに「ていねいな話し方」と思い込んでいるだけなのかもしれない。

（2023年9月10日号）

◉玉砕の島◉対極の二人

八月二十六日。NHKの『ETV特集――〝玉砕〟の島を生きて②』を観る。

サイパンは日本の、ずうっと南に位置し、今は観光地だけれど、第一次大戦後は日本が委任統治していた。日本にとっては太平洋戦線における重要拠点だったというのだが、アメリカをはじめ連合国軍の猛攻によって、日本軍は住民を巻き込む惨状に……。「バンザイ」と叫びながら崖から海へと身を投げて死んでいったのだった。いわゆる「バンザイ・クリフ」、「玉砕の島」。

敗戦から、もはや七十八年。戦争をジカに体験した人たちは、ごく少なくなった。「戦争を知らない子供たち」と誇らしげに歌った団塊世代（私もその一人）も今やジジババ……。

若い頃は年長世代への戦争体験話に、複雑な気持ちを持たずにはいられなかった。内心、「乱暴に言えば、勝ち目のない戦争だったんでしょ、精神主義で何とかなるなんて、ダメに決まってたじゃないの!?」――という冷ややかな気持ち？

人づきあいが苦手な父が「戦友会」にだけは喜々として出

谷内六郎の絵も素晴しい

かけてゆくのも、ちょっと、ばかばかしいと思っていた。

高校生の頃だったと思う。父の本棚に『南の島に雪が降る』という本があった。著者は俳優・加東大介で、表紙の絵は当時の私が好きだった谷内六郎だった。戦地（ニューギニアの島）でのシロウト芝居体験談のようだったので、興味を持って読んだ。

読み終えて、ガーン……。涙と笑い。ギリギリの生と死。生まれ育った日本の風土への思い。東北出身で今にも死にそうな兵士が、ジャングルの中で建てた舞台のいちめんに敷かれた雪（白い紙をこまかく切ったもの）を手にすくい、「雪だ……」と涙して、死んでゆく……。はい、高校生の私、たまらない。「愛国心」という言葉では、おさまりきらない望郷の思い……。

何だかわからないまま、泣きました。

*

八月二十八日。NHK『映像の世紀――プーチンとゼレンスキー』。

元スパイと元コメディアン。まったく対極の二人。面白いじゃないの！と思って観たのだけれど、私が期待していたほど、プーチンのダークサイドを見ることはできなかった（プーチン氏は確か新体操選手の美女と親密交際だったのよね……。そのあたりも知りたかったのに……）。

さらにプーチン氏と親密だった富豪のプリゴジン氏の突然の死亡。タイミング的に事故死とは思えなかったりして。ロシアでの生活が長かっ

元コメディアンのゼレンスキー大統領

た親友・Ｋ子（今はオランダ在住）は、どう受けとめているのだろう。これからメールするつもり……。

それにしても……と話は変わる。九月になろうというのに東京は暑い。エアコンが好きではなく扇風機生活ですごしてきたけれど、もはやガマンの限界……。

（２０２３年９月17日号）

◉がんばれ、バスケ！◉杜《もり》の詩《うた》

九月二日。**バスケットボール男子日本代表の快挙――ＴＶでシッカリ観てました。**順位決定リーグＯ組最終戦でカボベルデ（私、初めて知った国名）をくだして、来年のパリ・オリンピック出場権を獲得！

今までバスケットボールの試合中継をジックリ観たことはなかった。避けていた。中学生の頃、友人に「バスケットをやると背が高くなるんだよ」と言われ、バスケ部に入ったのだけれど……そうそうに「私にはバスケのセンスがない」と気づかされた。部員が少なかったので、すぐには辞められず、他校との対戦に駆り出されたりしていて、楽しくはなかった。もちろん（？）背が高くなることもなく……。

というわけで、ＴＶでバスケットの試合中継を観ることもなかったのだが今回たまたま、日本vs.カボベルデ戦を観て、わくわく。「バスケ、やっぱり面白いよねえ、カッコイイよねえ」と思うのだった。

日本vs.カボベルデ　試合後、パリ五輪出場を決め記念撮影する日本代表の選手たち

自力での五輪出場は一九七六年モントリオール大会以来、四十八年ぶりだという。ザッと半世紀ぶり。何とか奇跡を起こしてもらいたいなあ……。私、祈ってます。

＊

九月四日の『毎日新聞』に「**桑田佳祐さんも伐採憂える**」という見出し――。

都心では希少な自然を残す神宮外苑が「再開発」されて、超高層ビルの新築が予定されている。それに対して桑田氏は「本当にこのままでいいのかね?」と、再開発を憂える新曲「Relay～杜の詩」を発表した。「再開発に反対した坂本龍一さんの遺志をつなぐための曲だ」と説明――。

ほんと、再開発なんて、とんでもない話だと私も思う。外苑の森に一歩、入って行けば、そこは別天地。太い幹の樹々に、（大ゲサではなく）悠久の気分に誘われるのだ。全身で深呼吸したかのような思いにひたれるのだ。

都心にこんな、清らかで、ひらけた緑の地がある――それこそが東京という街の魅力なのだと思う。

新曲「Relay～杜の詩」には「誰かが悲嘆《なげ》いてた　美しい杜が消滅《き》えるのを　Ah……」「自分が居ない世の中　思い遣《や》るような人間《ひと》であれと」という歌詞で始まる……。

再開発の具体的内容に関しては、私はよく知らない。スマホでチェックしてみると、「東京のど真ん中、神宮外苑の再開発に大きな反対運動が起きている。理由は、主として樹木の伐採による自然破壊であるようだ」うんぬんと。

入居希望者の中には緑少なくビルが林立――というのを「都会的」「カッコいい」と信じ込んでいる人たちもいるのだろう。カンベンしてほしい。

（2023年9月24日・10月1日号）

◉引っ越し地獄

プライベートなことを書くのは、控えめにしてきたつもりだが……うーん、今回は書かずにいられない。もっか**「引っ越し地獄」**に、はまり込んでいる。

長年……一九八〇年代の後半だから、もう三十数年か。友人が銀座・築地を抜けて勝鬨橋《かちどきばし》の先のマンションにひっこした。偶然だけれど、そこは祖父が技師として働き、父が生まれたところなのだった。

私は当時、渋谷区の小さなマンションに住んでいたのだけれど、川と海をのぞむ、おだやかな町並みに、何かホッとした気分になって、友人のあとを追うようにひっこしたのだった。

庶民的な町並みだったのが、今では高層ビルが林立するようになった。三十年以上、私が入居してきたマンション（といっても高層ではない）も、この先、取り壊されることになって、隣の広い敷地（倉庫街だった）に新しい高層マンションが建つことになったのだ。

長年住んできたマンションへの愛着があるものの、仕方ない、新築マンションにひっこすことにした。旧・住民の希望者は、その新築マンションに、金銭的に優遇された形で住めるというわけで……。モノグサの私は、特に他に住みたいという気持ちもなかったので、その新マンションに住むことになったわけですが……。

いやはやなんとも……。外観も内部も高級ホテルみたいなマンション。九階から上が居住スペースで、下は会社や事務所や催事場などになっているみたい。ビルのまわりには樹々《きぎ》の植え込みがあって、ちょっとした散歩道になっていたりして……「自然との調和」も、ちゃんと、はかられているのだけれど……。

さて。昨日、ひっこししてきて、今日は二日目。部屋の中は、旧マンションから持ってきた本とDVDの数かず。足の踏み場も無い。一見、ゴミ屋敷。べつだん、凄い読書家というわけでもないのに、けっこう長く生きてきたから、こういうことになるんだなあ……と溜息。キチンと整理整頓するには、一週間はかかりそう……。

頭が痛いのが、マンションや部屋の出入り。すごく「セキュリティー」を重視しているようで、独特の(?)カギを持たされていて、顔の映像のチェックがあったりするのだ。モノグサの私は、ついつい、頭の中で舌打ちしてしまう。慣れれば気にならないだろうとは思うものの……。

旧マンションから持ち込んできた家具や本や服……。数十個のダンボール箱に詰め込まれていたのを、とりあえず全部、すぐに開けてしまったのが失敗だった。どの部屋も「物」があふれ、ゴミ屋敷状態。

この二日間、「物」の選択と整理に追われているわけだが……。何年か、あるいは何十年か前の雑誌や本を、ついつい懐かしく読んでしまうので、まったくもって物事がはかどらない……という、ありがちのパターン。

今風にスマート（例えば、室内で訪問者の顔がわかる）で、万全のセキュリティーなのだけど……。何だか私には似合わないような気がしてならない。「前のマンションのほうが気楽でシンプルで、よかったのに……」などと呟《つぶや》いたりして、妹に叱られている……。

（2023年10月8日号）

◉新マンションにて

「わたしは泣いています／ベッドの上で……」というフレーズが頭の中をかけめぐる。もはや半世紀も前、一九七四年にヒットした、りりィの歌の一節だ。

前回書いたようにザッと三十年くらい暮らしてきたマンションが取り壊されることになって、すぐそばの**新築マンションにヒッコシ**した。

前のマンションは、何かと便利なマンションだったので、ローンを組み、十年前に完済。ホッと一段落して、「ここが終《つい》の棲み家か」と思っていたら……隣の敷地にドーンと高層のタワーマンション（略してタワマン）が二棟建って、わがマンションは取りこわされることになり、住民の多くは、そのタワマンに引っ越すことになったというわけ。

タワマンにまったく興味のない私……。それでも商業施設や企業などが入っているのは八階までで、九階からは住居だというので、つい、「まっ、いいか」と思って、引っ越したわけだが……。

私はなかなか、なじめない。今どきのマンションは、もしかすると、たいていそうなのかもしれないが……セキュリティーがスゴイのよ。

まず、建物内に入るのに顔認証が必要。小さな画面に向かい、顔を映し、その下にある人物特定パネル（と言っていいかどうか？）を押す。ほんの数秒でできることなのに、私は内心、（チェッ、めんどうくさい！）と思ってしまう。

エレベーターであがって、フロアに出ると、まるでホテルのよう。部屋番号の表示だけで、住民の名前はナシ。シンと静まりかえっている。

部屋に入れば、さすがに、いささかホッとする。旧マンションから運び込んだ家具や服などを並べ、「きっと、何日かしたら、〝私の棲み家〟という気分になれるはず……」と思うのだけれど……。

東京の湾岸エリアには数多くのタワマンがある

旧マンションは、一階のフロントに定年後とおぼしきおやじや、中年の女の人がいて、気さくに何でも話しかけたり、用事を頼んだりできたのに……。今度の新マンションは規模が大きいから、そういうわけにはいかないだろう。

何しろ、今日は新マンションに入居して、まだ四日目だ。キメツケるのはよくない。何とか、このスマートで今風のマンションになじむようにしようじゃないか！と気持ちをふるいたたせているのです。

と言いながら……近くを散歩したり、買い物に出たりすると、ついつい中古の低層マンションに目が行き、「やっぱり、こういうマンションのほうが落ちつくよねえ、ホッとするよねえ」などと思い、心、ちぢに乱れてしまうのだ。

今日は妹夫婦がやって来て、ＴＶなどの電気製品の設置をしてくれた。私は、やっぱり「前のマンションのほうがシンプルで人間味があって、よかった……」などと、つぶやいてしまう。妹夫婦は「今さら何を……」と冷ややか。

たとえ、すぐ隣でもヒッコシは大変。今はグチばかりだけれど、そのうち慣れるものなのか？部屋の中、以前のマンションから運び出した家具と本と服で混乱をきわめているが……スッキリと片付けたら、気分もだいぶ変わるのかもしれない。そう思うようにしている。


（２０２３年10月15・22日号）

◉終の棲み家？◉妙な映画

まったくもって、何が何だか――。

引っ越してきて一週間が経ったというのに、部屋は乱雑をきわめたまま。引っ越しを機に、不要な物はどんどん手放してスッキリしようと思っていたのに、イザとなると何もかも手放せないのだ。もう読まないであろう本。もう着ないであろう服やキモノ。

それぞれに思い出がこびりついている。それを手放すと、何だか人格崩壊してしまうのではないか⁉なあんて思ってしまうのです……。

引っ越しは気力・体力を使うもの。もはや、また、引っ越しをすることは無いのでは？「終の棲み家」ということになるのでは？

ここは技師だった祖父が働き、父が生まれた地。そんな偶然をたいせつにしたいという気持ちも、少しばかりあるみたい。

＊

さて。現在公開中のイギリス映画の『メドゥーサ　デラックス』がカラフルで面白い（と思うのは女だけかもしれないが）。

美容業界の話で、年に一度のヘアコンテストを舞台に、美容師たちのさまざまな思いが展開される。キッカケはヘアコンテストの優勝候補の美容師が突然変死（頭皮を切り取られた姿で）を遂げたことから。

美容師やモデルたちは騒然。さまざまな思いが噴出してくる……という話だが……普通の美容院ではなく、アート系の（？）美容院らしく、とんでもなくカラフルで突飛《とっぴ》なヘアスタイルが次々と。コンテストをめざしているだけに……。

いちおうホラーなのだけれど、（頭の中で）笑わずにはいられない映画なのだった。イギリスとヘアファッションの世界という取り合わせは珍しいのでは？と、一瞬思ったのだけれど……そうだ、今を去ること半世紀前、イギリスのファッション界にはツイッギーがいたのだった！　ボーイッシュな金髪ショートヘアが一世を風靡《ふうび》したのだった。

もちろん、私もそのハヤリに乗った。ツイッギー主演の映画『ボーイフレンド』にウットリ（監督はケン・ラッセル！）。

そんな〝ファッショナブル〟な世界の中で殺人事件が！という、異色の映画。ワンショット撮影というのにもビックリ。

（2023年10月29日号）

これからはリタイアに向けて念願のきもの暮らしができるかも…
でも、やっぱり、気楽なほうに流れてしまいそう。
Tシャツ
ジーンズ

たまたま忙しい時期だったので、新マンションについての会合に出ることもなく、送られてくるプリントなども、ほったらかしにしていたのだけれど、「カギの引き渡し」というのがあって、ようやくリアルに感じられるようになった。

それでも「業者に頼めば、簡単だろう。オカネさえ出せば……」タカをくくっていたのだった。

人間が入居する前に、大物の家具類を新マンションに運んでもらうことになって、しばらく不便な生活を強《し》いられた。新マンションに入居した今も、うまく整理できなくて部屋は雑然。

部屋が新しくなったら、家具類やカーテンなどが、俄然古ぼけて見える。やっぱり、そちらのほうも新調しないとなあ……と、想定外の事態になった。

スッキリした部屋にしたいのだけれど、結局のところ、あれもこれも思い出がこびりついていて、処分できないのだ。読み返すこともないであろう本。さらにＤＶＤ。めったに着ることもない服やキモノ。

「私ってこんなに決断できない人間だったのか!?」と、あきれている。

2023年8・9月

Ⅱ　シネマ・コラム

1 オヤジ顔のハティィツェ

◉Never too late◉女装の男娼役

映画『イーディ、83歳　はじめての山登り』はタイトル通り、三十年間というものロンドンの住宅街で夫の介護に明け暮れてきた主婦イーディが、八十三歳となった今、ようやく介護から解放されて、少女時代に憧れていたスコットランドの山に登る——という話。

ヒロインのイーディを演じたシーラ・ハンコックは一九三三年生まれで、映画撮影時は八十三歳。背筋も腰もシャキッと伸びていて、杖もつかずにスッスッと歩く。自転車も走らせる。現役感バリバリ。

イーディはマジメだから、がんばって夫の介護をし続けてきたのだが、決して円満な夫婦関係ではなかった。夫の死後、娘から老人施設への入居をすすめられるものの、登山好きだった父を思い出す。

町で、ふと耳にした若者たちの会話に出てきた「遅すぎることはないさ——Never too late」という言葉を胸に、イーディは父が愛したスコットランドのスイルベン山に登ろうと決意する。そして——という話。

イーディはイギリスの住宅地から夜行列車で北上。スコットランドのインバネス駅で下車。そこで登山道具などを整えたうえで、スイルベン山に登るわけだが……人間ドラマよりも各地の風景や風物に見入ってしまう。

「自然」と「人間」がちょうどいい感じで共生しているかのように見える。

八十代にして初めての本格的登山。ガイド役になってくれた青年ジョニーは頼もしいのだけれど、何しろ歳が違うので、話がかみ合わないこともあり……。それでもイザとなると、そんな違いは吹き飛ぶ。大自然を共有し合うのだ。

ふと、思う。「ここでこんなふうにだったら死んでもいいなあ」と思えるようなシチュエーション、私にとっては何だろう、と。

七〇年代に『晴れた日に永遠が見える』というタイトルのミュージカル映画があった。どんな話の映画だったか記憶はおぼろだけれど、この日本語タイトルは気に入った。マッサオな空に吸い込まれるような気分のまま、この世を去る、というのが私の理想。この『イーディ、83歳はじめての山登り』はそんなことも思い出させた。

＊

二〇〇〇年代半ばのアメリカにJ・T・リロイと名乗る美少年作家が彗星《すいせい》のごとく登場。その小説はベストセラーになり、映画化されたり、フランスの出版社から招待されたりと、大変な注目を浴びたのだったが、その裏には口外できない秘密があった――という実話をもとにしたのが『**ふたりのJ・T・リロイ　ベストセラー作家の裏の裏**』。

サンフランシスコで兄といっしょに暮らすことになったサヴァンナ（クリステン・スチュワート）は、兄のパートナーのローラ（ローラ・ダーン）と出会う。

ローラは女装の男娼をしていた時の体験をもとにした小説がベストセラーになったものの、今は高級な（？）客を相手にするテレフォン・セックスで稼いでいる。

ローラは恋人の妹であるサヴァンナに目をつける。自分が書いた小説の中のJ・T・リロイを実在の人物としてサヴァンナに演じさせようというのだ。

これがまんまと成功し、ハリウッドで映画化されるということになり、サヴァンナと兄とローラの三人組はロサンゼルスやパリで、堂々のセレブ暮らしにひたるのだが……。

女であることを偽って美少年を演じるクリステン・スチュワートもみごとだが、それ以上に見ごたえがあるのが、元・男娼でこの詐欺騒動の仕掛け人を演じたローラ・ダーン。

長年の映画好きだったら絶対に知っているシブイ俳優ブルース・ダーンと女優ダイアン・ラッドの娘で、デヴィッド・リンチ監督の名作『ブルーベルベット』（'86年）のヒロインを演じた人。順調にキャリアを積んでいるのが嬉しい。すでに五十代となって、ハリウッド名物のウォーク・オブ・フェーム（歩道にスターの名を刻む）に父母と共に名が刻まれている。

それにしても女装の男娼役が、こんなにピッタリとは……と笑いもこみあげてくる。

ヒロインのサヴァンナを演じたクリステン・スチュワートは一九九〇年生まれ。まだギリギリ二十代。子役あがりだがオリヴィエ・アサヤスやウディ・アレンなどの監督作品にも出演している。

◉ブタってかわいい◉シミジミとしたハッピーエンド

浦和の実家を家出して、都心のマンションに暮らすようになって、もはや半世紀――。何かと便利。人間関係にわずらわされることもなし。ほぼ満足。

それでも『**ビッグ・リトル・ファーム　理想の暮らしのつくり方**』のような映画を観ると、はい、ちょっと動揺しますね。「ああ、こういうのが人間にとってのほんとうの暮らしだ。ほんとうの贅沢というものだ」と。

大都会のロサンゼルスで暮らしていたカップル――ジョンとモリーは、愛犬トッドの鳴き声が原因でアパートを追い出される。

妻のモリーは料理家で、体にいい食べものを育てたいからと郊外への移住を提案。映画制作の仕事をしていたジョンも同意。もともと野生動物や自然の生態系に関心も知識もあったのだ。

広大な荒地を耕し、土壌を作り直して――というスタート。その過程を毎日毎日、映像に残していった。そして八年が経ち、今や緑豊かな美しい農場に。大自然の恵みを受けて、イヌ、ネコ、蟻、蝶、ニワトリ、ブタ、ウシ、ヒツジ、ウマ……など自然動物園のごとき状況で、いきいきと暮らしている。動物好きにはこたえられない素敵なシーンがいっぱい。

あれっ、ブタってこんなにかわいかったんだ！　生きもの同士の間では命のやりとりの中で〝種〟を守るというリサイクルがあるんだ！——と、さまざまな発見がある。自然界の知恵（のようなもの）にも気づかされ、感心させられたりもする。

動物園で見るのも楽しいけれど、やっぱり自然の中の放し飼いという形でこそ、生きものたちの愛らしさも賢さも見えてくるものなんだなあ——と気づかされた。

冒頭にマンション暮らしを「ほぼ満足」と書いたけれど、実は犬が飼えないのが、悲しい。このドキュメンタリー映画を作ったカップルは「犬のために」こんな〝生きものたちのユートピアのごときもの〟を作ってしまったのだ。いやー、私には、まだまだ生きもの愛が足りないのね……。

「犬飼いたい病」の発作が出たら、この映画のＤＶＤを観て、気持ちをしずめよう——と思いました。

＊

『チア・アップ！』。

アメリカの〝団塊世代〟の大女優ダイアン・キートンが、元気いっぱい。バアサンたちを集めてチアリーディングのチームを作り、観衆たちから大喝采を受けるという話。

ポンコツ少年ばかりの少年野球チームの活躍で笑いと涙を誘った『がんばれ！ベアーズ』（'76年）も連想させる。ラストはハッピーエンドというのがわかっていても、ハラハラ、ジリジリしなから応援気分にさせられてしまうのだ。

物語の中心人物は、余生を静かにゆったりと過ごそうと高齢者居住区に引っ越してきたマーサ（ダイアン・キートン）。比較的金持ち老人の住む地域で、始めは「ひとに干渉されたくない」とばかり、隣人たちとは距離を取っていたのだが……陽気で世話好きの隣人シェリル（ジャッキー・ウィーヴァー）と、ついつい親しくなってしまう。

マーサがフト、「若い頃はチアリーダーになりたかった」と呟くと、シェリルは「やってみれば！」と言い、サッサとチアリーディングのクラブを立ちあげてしまう。マーサはあとには引けなくなり、ポンコツ・バアサンばかりを相手にチアリーディングの特訓を始める。そして、いよいよチアリーディングの大会に出場することに……。もちろん（？）愉快な、そしてシミジミとしたハッピーエンドです。

ダイアン・キートンは一九四六年生まれで、七〇年代はウディ・アレンと公私にわたるパートナー関係だった。『アニー・ホール』（'77年）で注目を浴び、アカデミー賞の主演女優賞を受賞した。ウディ・アレンと別れたあとも、ウォーレン・ベイティやアル・パチーノなどと親密交際。それでも結婚はしていない。

七十代になった今も昔のイメージをキープ。この映画でも男っぽい黒ブチメガネで、シンプルでマニッシュなファッション。シャツの首元は第一ボタンからはめていて、衰えた首元をカバー。若々しく元気に見える。相棒役のジャッキー・ウィーヴァーは逆に女１００％の華美なファッション。それぞれの人柄の違いが一目でわかる。そのあたりにもご注目を。

◉マケドニアの山奥で◉セウォル号大惨事その後

コロナウイルス問題ですっかり萎縮した心を、つかのまながら解き放ってくれるドキュメンタリー映画。『ハニーランド　永遠の谷』は見終わったあと、深呼吸したかのような気分です。

舞台はマケドニア（現北マケドニア）の山奥。といってもすぐにはピンとこないけれど、ギリシャとブルガリアの隣国。電気も水道もない谷間の〝ポツンと一軒家〟。盲目でマヒのある母親の介護をしながら、養蜂の仕事で生計をたてている中年女ハティツェ。

オンボロ小屋で、話し相手は犬くらい。ろくに教育も受けていない。それでも少しばかりだが読み書きはできる。たまに蜂蜜を売るために山をくだって町に行き（徒歩四時間！）、わずかな売りあげの中から新しい服を買うこともある。

その時は、オヤジ顔のハティツェも少女のような笑顔を見せる。観ている私は妙にホッとする。

母娘二人だけの山奥生活だけれど、それなりの平安が保たれていたのだが、ある日突然、見知らぬ七人家族がトレーラーでやって来て、近くに住みつくようになった。さてハティツェはどう対応するのだろう――というのが後半の見どころになっている。三年がかりの撮影だとか。

主人公のハティツェは、いったい何歳なのだろう。最初、パッと見た時は五十代のように思ったが、四十代、いや、もしかすると三十代後半のようにも思える。日焼けした男っぽい顔立ち。

ハティツェはほとんどカメラを意識していないように見える。自分を飾ったりしないし、貧しい暮らしを恥じるふうでもない。「こんな平凡な私を撮影して、いったい何が面白いんだろう？」と思っているフシも感じられる。いわゆる「自然体」。花が咲き、散ってゆく。樹々が茂り、枯れてゆく。自分や母親の生と死も、それとまったく同じものとして感じているのだろう。自然の一部と思っているのだろう。

山の人と書いて仙人。谷の人と書いて俗人――。男みたいな、いかつい顔立ちのハティッェだが、大自然の中に咲く一輪の可憐な花のように思えてきた。

＊

『君の誕生日』は実話をもとにした映画。

二〇一四年の春、韓国社会を悲しみのどん底に突き落とす大きな海難事故が起きた。修学旅行中の高校生325人と引率の教員14人を乗せた客船セウォル号が転覆。結局、死者299人という大惨事となったのだ。

当時、日本でも大きく報道されていたので、おぼえている人も多いだろう。この映画はその事故で息子を失った夫婦のその後を描いたもの。あの世に旅立ってしまった息子・スホの誕生日は毎年毎年、めぐってくる。父（ソル・ギョング）にとっても母（チョン・ドヨン）にとっても辛く、心乱れる一日だ。当時は幼児で兄の死を埋解できなかった妹にとっても……。

家族それぞれの思いが交錯する形で描かれてゆく――。韓国映画というとツバを飛ばすイキオイの激しい語り口の映画を連想しがちだけれど、これはまったく違って、激しい思いを内に秘めながらも、静かな、内省的な映画になっている。

仲がよく、おだやかな、平凡家族だったが、それでも夫にも妻にも秘めておきたい事情はあった。息子の死に、理屈抜きの負い目を感じたり、人を責めたりせずにはいられなかったりする。そんな俗人ならではの複雑微妙な感情が、きめこまかに、しかもサラリと描かれてゆく。突然、子どもを失う——というのはこういうことなのだということがリアルに迫ってくる。何度か目がしらが熱くなった。

夫婦を演じる二人は韓国の有名スターだが、まさに入魂の演技。国民的悲劇への思いがそうさせたのだろう。幼い妹を演じる少女も、さりげなく淋しげで、愛らしい。

それにしても……韓国は豊かになったものだと、思わずにいられない。私は一九八〇年代末から九〇年代にかけて韓国に三度だったか旅したことがあったが、日本との経済格差を感じずにはいられなかった。それがどうやら今ではこの映画の家族のように豊かな中流というのが、厚い層になっているようなのだ……。そんなことも思いながら、興味深く観た。

◉電気技師一家のアドベンチャー◉意外なスパイの実話

『バルーン　奇蹟の脱出飛行』。

米ソ冷戦時代、ドイツは東と西に分断されていた。ソ連の管理下となった東ドイツは、言論の自由を規制され、さらに経済的にも貧窮。西ドイツへと亡命する人が多くなった。それをくいとめるために東ドイツが築いたのが、いわゆる「ベルリンの壁」――。

地上では亡命するのは難しい。それでは熱気球に乗って、空から西ドイツへと亡命すればいい――と思いついた一家があった。

一家のあるじは電気技師。豊かな理系の知識を生かして、〝同志〟と共に家族一丸となって、ひそかに熱気球作りに励む。東ドイツの秘密警察・シュタージの目を怖れながら、大量の布を買い込み、ミシンで縫いあげる。気球の重量や風向きなど綿密に計算。闇にまぎれてのテスト飛行……。その周到さにホレボレ。

当然のごとくシュタージの一人が、この家族に疑惑の目を向ける。ハラハラドキドキ。

子どもたちも年頃ゆえの思いもあって、気球での亡命に、もうひとつ真剣になれなかったりする。当然だろう、子どもたちは東ドイツの暮らししか知らないのだから……。父も母も、そんな子どもたちの気持ちを察している。もし、失敗したら……という怖れもある。

そんな中、シュタージもこの一家をいっそう怪しむようになってくる。いよいよ決行するしかない。さて、決行――。成功するに決まっていると思いながらも、心配してしまう。夜空にスーッと浮かぶカラフルな巨大バルーン。美しい。風向きや風力は十分な計算の上だけれど、はたして計算通りに国境を越えられるのだろうか……。

というわけで、最後までスリリング。なおかつロマンティックな映画です。

家族で亡命というと、懐かしの『サウンド・オブ・ミュージック』（'65年）を連想せずにはいられない。そちらは戦争中の話で、ナチス・ドイツの目を逃れて一家で歩いて山を越えてスイスへと亡命するんですよね。

＊

『ジョーンの秘密』の宣伝用キャッチフレーズは、「イギリス史上、最も意外なスパイの実話から生まれた衝撃作」――。

スパイ、それも女スパイと知って、私はわくわく。スリルとサスペンスが期待できる映画に違いない、と。実話をもとにしたストーリーというのも興味をそそる。

話は二〇〇〇年の春、イギリス郊外で平穏な一人暮らしをしていた八十代の老女ジョーン（ジュディ・デンチ）が、突然、ＭＩ５（英国情報局保安部）に逮捕されてしまう。半世紀以上も昔に核開発の機密情報を（当時の）ソ連に流したというスパイ容疑だった。

ジョーンはスパイなんてこととは、まったく縁のなさそうな、平凡なオバチャンというかバアチャンというか。息子をはじめ彼女を知る人は、みなビックリ。無実としか思えない。

ところが、実はジョーンはソ連のＫＧＢと共謀してスパイ行為をしていたのだった。さて、若き日のジョーンは、なぜそんな、だいそれた行為をするようになったのか？――という話。

金品や政治理念などではなく、やっぱりというか案の定というか、一人の男への恋心が絡んでいる。ジョーンは逮捕されるまで、

半世紀以上、大きな秘密を抱えてきたのだった……。

若き日のジョーンを演じたのは、キリリとした美貌のソフィー・クックソン、老女となったジョーンを演じたのは名女優のジュディ・デンチ。さすがに同一人物とは思いにくいのが難だが、そこはちょっとガマンして観てください。

米ソ冷戦時代ならではの話で、社会主義国ソ連に希望を見出していたインテリは多かった。ジョーンもまた恋人への思いばかりではなく、ソ連への信頼もあったのだろう。

そんな時代の張り詰めた空気感、そして当時のファッションにも注目。

それにしてもMI5はシブトイ。半世紀も昔の犯人をつきとめたのだから……。

◉北欧の女スパイ◉イギリスのサッカー愛

第二次世界大戦の開戦からもう、ザッと八十年近い歳月が経っている。戦争というのは、ありとあらゆる人間ドラマを生み出すもので、(よくも悪くも) 映画の世界ではかっこうな題材なのだった。

その中でもドイツのナチスが絡んだ映画としては、『地獄に堕ちた勇者ども』(ルキノ・ヴィスコンティ監督、'69年)が、ナチスにからめとられてゆく大富豪の退廃を描き切って(私にとってはだが)ベストの映画になった。

さて。『**ソニア　ナチスの女スパイ**』は、珍しく北欧ノルウェーを舞台にしたもの。

実際、当時(第二次世界大戦中)のナチスはノルウェーまで占領していたのだった。私、恥ずかしながら、北欧までとは知らなかった。

ヒロインであるソニアはノルウェーの女優として活躍していて、表向きはナチスに従っていたところ、隣国スウェーデンの諜報部からの協力要請を受けて、ナチスの重要情報を探るようになる。要するにスパイ。

ところが、情報を得るためにナチスの高官に、いわば「色じかけ」で接近するうちに……というドラマティックなラブストーリー。これが実話をもとにした映画だという。ビックリ。

ヒロインを演じたのは、国際的に活躍しているイングリッド・ボルゾ・ベルダル。華やかな美貌で、なおかつ生命力の強さも感じさせ、役柄にうまくはまっている。

恋人役（ナチスの諜報部員）を演じたロルフ・ラスゴードは長身小顔で、甘さ控えめの顔立ち。ハッキリ言って、はい、私、好みです。

何しろヒロインは人気女優という役柄ゆえ、ファッションは取っかえ引っかえ。なおかつ一九三〇〜四〇年代で、パーティーシーンもあるので、凝ったヘア・アクセサリーやイブニングドレスなども見逃せない。

二重スパイ、しかもドイツではなく北欧が舞台——ということで、ちょっとわかりづらいところもあるのだけれど……。ヒトラーを生んだナチスは、映画の題材としては、今なお妖しい魅力を放つ力を持っているなあ——と、あらためて痛感。

*

私はいちおう戦後生まれなので、ものごころついて洋画を好んで観るようになった頃には、第二次世界大戦を題材にした映画が次々と公開されていた。

その中でとびきり面白く、興奮して観たのがアメリカ映画の『大脱走』('69年)。ナチス・ドイツとの戦いの中で捕らえられた連合国軍の兵士たちが、捕虜収容所をまさに大脱走する話。ベリー・ショート・ヘアのスティーブ・マックイーンや超渋い顔立ちのジェームズ・コバーンの姿にわくわく。以来、私は脱走・脱獄ものの映画好きとなった。

戦後も七十五年となった中で、さすがに第二次世界大戦もの映画は少なくなったが、**『キーパー ある兵士の奇跡』**は連合国軍の捕虜となったナチスの兵士が主人公。イギリスの捕虜収容所で過酷な労働についていたところを、収容所内でのサッカーの腕前を見込まれて、地元の素人サッカー・チームにキーパーとしてスカウトされる。

何しろ敵国だったナチス・ドイツの男をチームに引き入れたのだから、心よく思わない人たちもいた。とりわけサッカー・チームの監督の娘、マーガレットは「とんでもない!」とばかり強く反発。
ところが、そのナチス兵士は試合で大活躍、そのうえ人柄もいい、働き者……というわけで、地元の人たちも、毛ぎらいしていたマーガレットも、心を通わせることになり、やがてこの元・ナチス兵士はイギリスの国民的ヒーローになる……という実話をもとにした映画。

四〇年代のイギリスの田舎町の、（戦時中とはいえ）どこかノドカな暮らしぶり、憎っくきナチスでも勝つためにはチームに入れようというサッカー愛が微笑ましい。

主役のドイツ兵を演じたデヴィット・クロスは一九九〇年生まれで、今のドイツ映画界を代表するようなスター。四〇年代イギリスの田舎町の風物も見もの。

◉歴史的強盗事件◉年差26歳、男と女の物語

『ストックホルム・ケース』。

一九七三年というから半世紀近く前、スウェーデンで実際に起きた人質事件を題材にしたもの。主人公はアメリカかぶれの小悪党のラース（イーサン・ホーク）。ここらで一発大逆転とばかり、ストックホルムの銀行強盗を思いつく。彼としては綿密な計画を練ったつもりだったのだが……。

銀行の女性職員ビアンカ（ノオミ・ラパス）をピストルで脅して人質に取り、ワル仲間のグンナー（マーク・ストロング）を刑務所から釈放させることに成功。強盗のパートナーにする。さらにラースは、「人質と交換に金と逃走車を用意しろ」と警察に要求。

そこまでは快調だったのだが……警察は一枚上手《うわて》だった。ラースたちを銀行内に封じ込めた形で、持久戦へと持ち込む作戦をとっていたのだ。

長期戦になって行く中で、犯人のラースと人質のビアンカの間に、奇妙な共感のようなものが芽生えてゆく。相手の心のうちを察しあい、いたわりあうような……。運命を共にする同志愛とまでは言わないまでも、それに似たような感情。そこから漂ってくる奇妙なおかしみ。

そういうリクツ抜きの心の動き。そのおかしさと深さ。この映画が一番描きたかったことだと思う。

この事件のように、犯人と身近に長時間を共にすることによって、被害者であるにもかかわらず、犯人に連帯感（のようなもの）を感じてしまう――という心理は、のちに「ストックホルム症候群」と呼ばれるようになった……。

イーサン・ホークはアメリカ人俳優なのに、なぜアメリカかぶれのスウェーデン人という設定のこの映画に出演したのだろうと、ちょっと気になったのだが……ハッと思い出した。この映画を監督したロバート・バドローとは、ジャズ界を舞台にした伝記映画『ブルーに生まれついて』（'15年）で一緒に仕事をしていたのだった。（主人公のチェット・ベイカー役）。

この『ストックホルム・ケース』、ボブ・ディランの四曲が使われるのも懐かしい時代色。もちろんファッションも。銀行勤めでも若い女子職員はミニスカートだ……。

＊

久しぶりに胸の奥深くにしみる、男女の物語を観た。『**この世界に残されて**』はジャンルとしては恋愛映画ということになるのだろうか、そういうジャンル分けからは、はみ出してしまうところがある。「男と女の物語」と言ったほうがいいかもしれない。

物語の舞台は第二次世界大戦後の一九四八年。ナチス・ドイツによって約五十六万人ものユダヤ人が殺害されたと言われるハンガリー。家族を失い一人ぼっちになった十六歳の少女クララは、四十二歳の医師アルドと出会う。彼もまたユダヤ人で、苛酷な体験をくぐり抜けて生きのびてきたのだった。

凶暴な小動物のような少女クララと、心に深い傷を負った中年男のアルド。最初はギクシャクしたものの、やがて二人は心を許し合うようになってゆく。あい寄る魂……。それは父と娘のような疑似的な家族愛なのか。それとも男と女の性愛なのか……。

そんな、微妙な心の動きを、的確に、そして繊細に描きあげた映画です。

クララを演じたアビゲール・セーケは、これが映画初出演だという。清純にして不敵な少女役をみごとに体現している。わけあり中年男のアルドを演じたカーロイ・ハイデュクはハンガリーでは有名な俳優だという。まさに「やるせない」といった表情が胸の奥にしみる。「ロリコン」だの「少女愛」などと決めつけてほしくない！と思わされる。孤独と孤独。あい寄る魂の物語なのだ。

二人が住んでいる古いアパートのインテリアも見ごたえあり。白く塗られたドア、クラシックな模様の壁紙、古風なピアノ……。

監督・共同脚本を手がけたバルナバーシュ・トートは一九七七年、フランス生まれだという。第二次世界大戦は父母、いや祖父母の物語だろう。一九五〇年代＝米ソの冷戦時代も知らない世代だ。よくまあ、こんなにみごとにその時代の空気を蘇らせてくれたものだ。頼もしい。

この物語の時代設定は一九四八年ということ。これは深い意味を持つ。米ソ対立の中でハンガリーは社会主義国に……。映画はフィクションとはいえ、アルドとクララはその中でどう生きたか……というつらい想像もさせられる。

◉昔の恋人がアルツハイマー◉ミカ・カウリスマキ監督新作

「団塊の世代」とか「戦後ベビーブーマー」と呼ばれた世代も、今や続々と七十代に――。社会の枠組やモラルや既成概念を突き崩してきた世代だから、歳をとっても、おとなしくジイサン・バアサンにおさまるはずがない。異性にときめく人たちもおおぜいいるのでは？　老人同士のラブストーリーもアリなのでは？――と思いついた人がいたのだろう。この『**43年後のアイ・ラヴ・ユー**』は老人介護施設（やや高級）を舞台にしたラブストーリーだ。

妻を亡くして一人暮らしをしていた元演劇評論家のクロード（70歳）は、ふとしたことから若き日の恋人で、舞台女優だったリリィがアルツハイマーを患って入院施設に入っているということを知る。もう一度リリィに会いたいという思いが強くなって、アルツハイマーを患っているフリをして、リリィと同じ施設に入居する。

そこで、うまい具合に会えたリリィは相変わらず見た目も話しぶりも美しく魅力的だった。けれど……記憶障害があり、過去のことけすっかり忘れているのだった。もちろんクロードのことも！何とかしてリリィの記憶をよみがえらせたいと願うクロードは、あるアイディアを思いつく……という話。

クロードを演じたのはブルース・ダーン。細長いシャープな顔だちで、甘さには欠けるものの知的な魅力があり、私は好き。

七〇年代には『華麗なるギャツビー』『ファミリー・プロット』『帰郷』など、主役ではないがナンバー2の重要な役柄で出演。甘いハンサムが歳をとると淋しい気持ちに襲われがちだが、ブルース・ダーンはもともと甘さには欠けて、渋さが魅力の人だったので、老いた姿にもガッカリすることもナシ。「すんなりと美老人になったなあ」と、嬉しく思う。

リリィは花柄の服ばかり着ているというところにも注目したい。花柄、それも十代の少女にしか似合わないロマンティックなタイプの色使いのもの。それが、カロリーヌ・シロルという金髪女優には品よく似合っているんですよね。羨ましい!?

＊

『世界で一番しあわせな食堂』。

北欧フィンランドの最北端、白夜でも知られるラップランド地方の小さな村を舞台にした映画です。

季節は夏――。中年女のシルカが一人で切り盛りしている食堂に、ある日、中国人のチェン親子がやって来た。ある人の居場所を探しているというのだが、シルカをはじめ、客たちも知らない。長旅で疲れている様子なので、シルカはその中国人親子を空室に宿泊させる。

そんなある日、中国人の団体客が押し寄せて、シルカの作る簡素な料理にブーイング。それを見かねたチェンは、厨房に入ってすばらしい中国料理を作って差し出す。中国人団体客は大喜び――。

というわけで、以来、シルカの食堂は一躍、人気店に。やがて二人は、互いに心を許し合う仲になってゆくのだが……。

まず、何といっても北欧フィンランドの北端にある町（といっても村に近い）が舞台というのが、いい。低い山並みや森の緑、そして湖と空の青。その清涼感。そんな大自然の中で、自然とおだやかに協調して暮らす人びと。過不足のない暮らしに見える。

中国人親子のライフスタイルはフィンランドの村人たちにカルチャー・ショックを与える。手の込んだ中国料理。そして太極拳。その心と体をめぐる思想。

そんな展開をほほえましく見ながら、ついつい、「これが中国人親子ではなく日本人親子の話だったらなあ……」と思わずにはいられなかった。中国料理も結構だけれど、日本料理だってスバラシイものなのに……と。どうやら、この映画、中国も出資しているようだ。

フィンランドは、毎年、国連が発表している「世界幸福度ランキング」では二〇一八年から三年連続で一位をキープしているという。この映画を見れば、それも当然でしょうと納得がいく。

監督は、私が長年ヒイキにしているアキ・カウリスマキ監督のお兄さん、ミカ・カウリスマキ。一九五五年生まれというから、六十代半ば。中国人シェフを演じたチュー・パック・ホングは香港生まれで、有名な俳優・監督・ミュージシャンだという。

◉息子の遺したゲイバー相続◉いっぷう変わった傑作恋物語

『ステージ・マザー』。

言うまでもなくアメリカは広い国。大都市はさまざまな人種や多様な文化を取り入れても、地方は信仰深く保守的。この映画のヒロインであるメイベリンは、そんなテキサスの田舎町で、ごく平凡に、あたりさわりなく、普通に生きてきた。

それなのに、一人息子は家を出て、大都市サンフランシスコへ。以来、疎遠に。そんなある日、突然、息子の訃報が飛び込んできた。長年、疎遠になっていた息子だったが、さすがにショックを受け、夫の反対を押し切って、サンフランシスコでの葬儀に参加。そこで息子が同性愛者で、しかもドラァグクイーン（女装でパフォーマンスをする人）で、パートナーとバーを共同経営していたことを知る。

信仰深い田舎のおばちゃんにとっては天地が引っくり返る程のカルチャー・ショック。「不思議の国のアリス」になったかのよう。それでも生来の明るさと柔軟さで、そして息子への愛によって、同性愛カルチャーを受け入れてゆく。それればかりか息子の遺したバーを相続、ドラァグクイーンたちを支援してゆく……。

メイベリンを演じるのは、金髪、青い目、小太りのジャッキー・ウィーヴァー。二〇年公開の映画『チア・アップ』にも準主役級で出演していた人。一九四七年生まれというが、若々しく、愛嬌たっぷり。世間的価値観は尊重するけれど、それに縛られることはない——という柔軟な心の持ち主であることを、しっかりと体現している。

案外、性意識に関してはアメリカより日本のほうが、男より女のほうが、フレキシブルですよね。何しろ歌舞伎や宝塚を生んだ国なのだもの……と私は思うが、データを取ったわけでもないので、異論もあるかもしれない。

それにしても、ドラァグクイーンたちの女装ショー場面は圧倒的。「美」なんだか「醜」なんだか、よくわからない世界。何しろマツコ・デラックスさんクラスの体格の持ち主ばかりなのだから——。

上演時間も93分と、近頃では短め。オススメします。

＊

いっぷう変わった恋物語の傑作として、『水を抱く女』をオススメします。

物語の舞台はドイツのベルリン。美貌の歴史学者のウンディーネは博物館でガイド係のアルバイトをしていた。そこに見学客として訪れた潜水作業員のクリストフと出会う。ウンディーネは失恋直後だったが、真面目にいちずに愛してくれるクリストフに、しだいに惹かれるようになる。

ある日、ウンディーネはクリストフの指導のもと、湖の奥へと潜水してゆく。そこで奇妙なことが起きる。ウンディーネは巨大ナマズと共に湖の底へと沈んでゆくのだ。クリストフの心臓マッサージと人工呼吸で蘇生するのだが……という話。

ドイツ映画なのでウンディーネだが、フランス語ではオンディーヌ。一九六五年、劇団四季の浅利慶太演出、加賀まりこ主演による『オンディーヌ』を懐かしく思い出す人もいらっしゃるだろう。

もともとはギリシャ神話に登場する話だという。海の中にロマンを感じるのは万国共通のようだ。デンマークではアンデルセン童話『人魚姫』があり、日本では浦島太郎の龍宮城の物語がある。

この『水を抱く女』のヒロインを演じたパウラ・ベーアは一九九五年生まれの二十代半ばだけれど、演技力も確かなクール・ビューティーで、この役柄にピッタリ。十四歳で主役デビューして以来、『ルートヴィヒ』『婚約者の友人』『ある画家の数奇な運命』など、数かずの賞を受けている若きベテラン。

いっぽうクリストフ役のフランツ・ロゴフスキは、比較的、平凡な容貌なのがいいような悪いような……。

この映画を監督したクリスティアン・ペッツォルトは「私が知っている最も魅力的な水中映画は、リチャード・フライシャーの『海底二万哩』です」と語っている。子ども心にも「なんてロマンティックな映画！」と感動した私。うれしい。懐かしい。

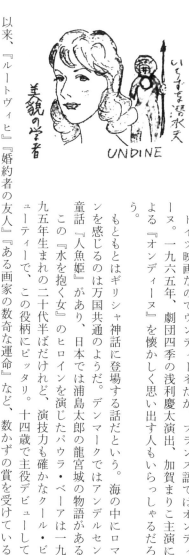

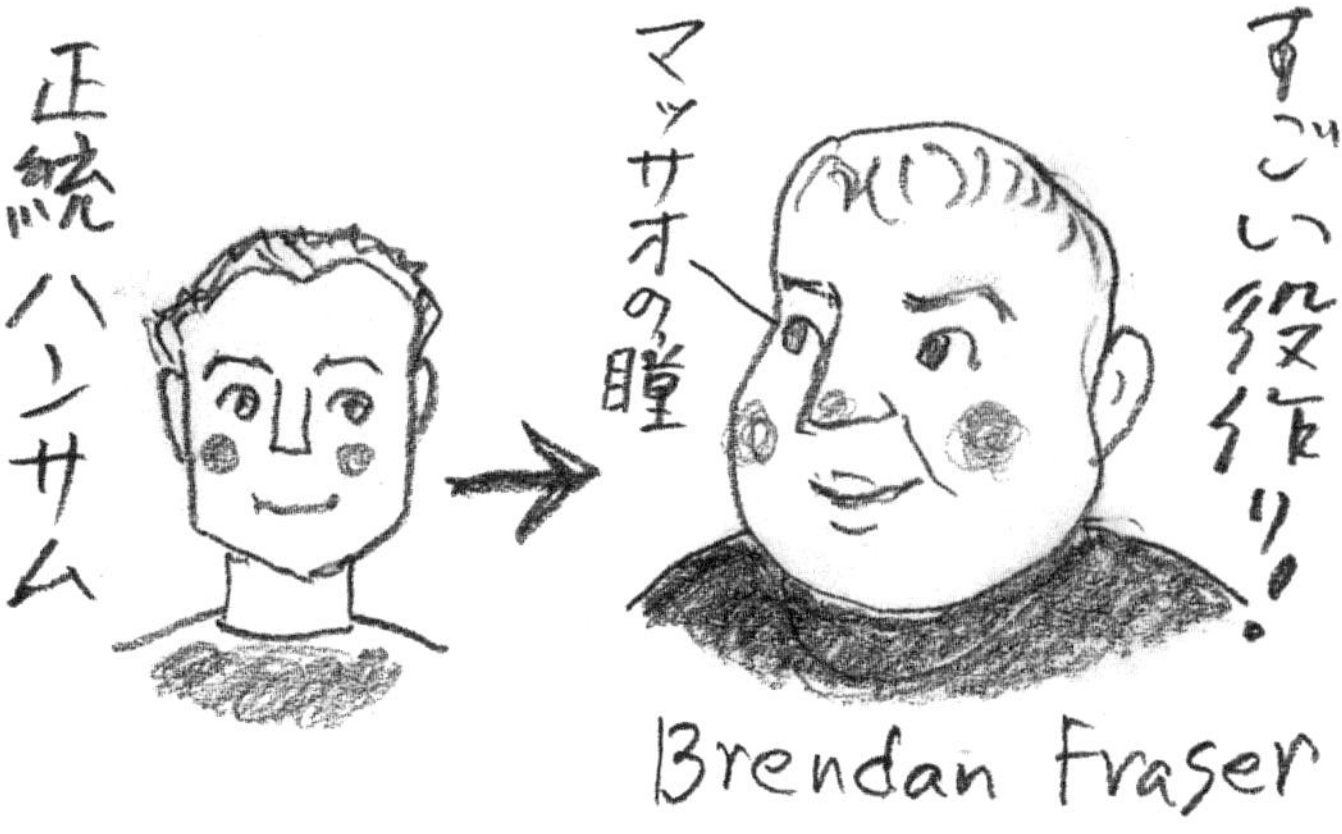

いやはや、なんとも！　映画『ザ・ホエール』には圧倒された。主人公（ブレンダン・フレイザー。三月のアカデミー賞では主演男優賞）は同性愛者の恋人が亡くなって、過食を繰り返す日々。今や命にかかわるほどの大肥満……。といったら、コメディかと思う人も多いだろうが、そうではない。哀愁に満ちた映画なのだった。

若き日のブレンダン・フレイザーと言ったら、バリバリの二枚目だった（とはいえ、アクション物やコメディ物が多かったけれど）。それが今や五十代半ば……。よくまあ、大肥満の男、しかも同性愛者という役を引き受けたと思う。アイドルでもスターでもなく、まさに、演技者なのだった。俳優なのだった。

それにしても……命にかかわるほどの大肥満なんて、アメリカならでは。

若い頃はともかく、三十代以降、頼りないヤセ型になってしまった私（母からの遺伝）。ヤセは何だかビンボーくさくないですか？　モノクロ（黒と白）の服ばかり着てきたけれど、明るく華やかな色の服にチェンジすべきか？　迷っています。シラガになれば、似合うような気もする。

2 「赤いやつ」の正体

◉倒産寸前バラ園で一発逆転◉夫からの爆弾発言

『ローズメイカー　奇跡のバラ』。

プロのバラ作りおばちゃんの話。何しろフランス郊外の広大なバラ園が舞台になっている。わくわくせずにはいられない。

ヒロインは新種のバラを開発して、数かずの賞を得てきたエヴ（カトリーヌ・フロ）。五十代、それとも六十代だろうか。近頃、大手企業の進出に顧客を奪われがち。もはや倒産寸前。

それを見かねた古くからの女性助手が職業訓練所に募集をかけたのだが……やってきた三人はどいつもこいつも使いものにならないヤツばかり。状況はますます悪化……。

そんなある日、エヴはポンコツ三人のうちの一人――不良青年の腕に刻まれたバラとライオンのタトゥーを見て、ハッとする。「テリハノイバラ」と「ライオン」という品種の掛け合わせを思いついたのだ。エヴは一発逆転式にその新種交配に懸ける。そして、ついに国際的な新品種コンクールに出品できるまでになったのだが。

ポンコツのチームが大逆転――という、おなじみのパターンながら（七六年の『がんばれ！ベアーズ』を思い出します）、物語の核となっているのが「バラ作り」。広大なバラ園が舞台になっているので、開放感があり、おおいに目を楽しませてくれる。園芸に興味のある人だったら、絶対に見逃せない映画だろう。

バラ園主人のエヴはレッキとした小太りぎみのおばちゃんだけれど、身につける服や自宅のイン

テリアなど、「さすが、おフランス！」と思わずにいられない。

レンガ色に近い赤のシャツ・ブラウスや淡いベージュの男っぽい帽子やくつろぎ用の（アンティックらしい）キモノなど。スッキリとした楽しい着こなし。

自宅のインテリアもシブイ！　蛍光灯でバチッと明るくするのではなく、いくつかの電気スタンド（その傘もカッコイイのだ）を配して、落ち着いた雰囲気を演出。そんな所もチェックして観てください。

＊

熟年離婚といったら、長年、忍従に耐えてきた妻が「第二の人生」とばかり横暴な夫に離婚を迫るというパターンを想像しがちだが、『幸せの答え合わせ』の夫婦は逆パターン。おだやかでやさしかった夫が突然、勝ち気で口が達者な妻に「離婚してくれ」と言い出すのだ……。

物語の舞台はイギリス南部の海辺の町。仕事をリタイアした文学好きの妻・グレース（アネット・ベニング）は詩選集の編集に夢中になっている。いっぽう、夫・エドワード（ビル・ナイ）は教師の仕事をマジメに、たんたんと続けている。愛し合って結婚したものの、勝ち気なグレースは、おとなしいエドワードを、ちょっとジレッたく感じることもある。

そんな中、一人息子のジェイミー（ジョシュ・オコナー）が帰郷。父・エドワードから珍しく電話がかかってきて「帰ってこないか？」と言われたからだった。久しぶりに親子三人になった中で、おとなしい父・エドワードの口から「もう限界なので、この家を出て行く」という爆弾発言が！　妻・グレースにとっては、まったく予期していなかった言葉！　怒り、悲しみ、取り乱す……。さて、この一家の運命や、いかに⁉

一家崩壊というシリアスな話ながら、クスッと笑えるところもたっぷり。とりわけ従順だった夫を演じるビル・ナイの演技。妻から暴言の数かずを浴びせられても、ジッと耐え続け、結局のところ、自分の思い通りに運んでゆくところ、まさに「忍の一字」といった感じ。

妻役を演じたアネット・ベニングも怒りの長ゼリフを危なげなく、こなしていた。

アネット・ベニングといったら、『バグジー』（'91年）で共演したウォーレン・ベイティと結婚、四児をもうけた。その後、離婚したという話は出ていない。ウォーレン・ベイティといったら、名うてのプレイボーイだったのに……。

というわけで、この映画、アネット・ベニングという人を、おおいに見直す気持ちにもなった。

◉83歳のスパイ、老人ホームに侵入◉モンゴル大草原の若夫婦

南米チリの老人ホームを舞台にしたドキュメンタリー映画『83歳のやさしいスパイ』。

と書くと、深刻な大マジメ映画を連想してしまいそうだけれど……とんでもない、ゆるーっとしたおかしみにあふれる映画です。

監督は、探偵事務所で働いていたこともあるという女の人。老人ホームの内部調査をしている探偵が実際にいるということを知って思いついたのが、一人の老人を実在する老人ホームに入所させて、内部の人間模様をひそかに撮影してみたら面白いのでは？ということだった。

さっそく、探偵事務所を装って、こんな新聞広告を出してみた。「高齢男性1名募集。80歳から90歳の退職者を求む。長期出張が可能で電子機器を扱える方」——。

そこで選び抜かれたのが、妻を亡くしたばかりの83歳の老人セルヒオ。老いてもジェントルマンらしさが漂う。

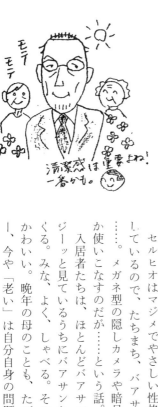

探偵事務所から与えられた任務は、実在する老人ホームに潜入して内部の様子を探ってほしい、スパイしてほしい、ということ。虐待や盗難などはないか……と。ここから映画が動き出す。

セルヒオはマジメでやさしい性格。みだしなみもキチンとしているので、たちまち、バアサン入居者たちの人気者に……。メガネ型の隠しカメラや暗号を使った通信なども何とか使いこなすのだが……という話。

入居者たちは、ほとんどバアサンばかり。ハーレム状態!?ジーッと見ているうちにバアサンたちが少女のように見えてくる。みな、よく、しゃべる。そのファッションも含めて、かわいい。晩年の母のことも、たびたび思い出された。いやー、今や「老い」は自分自身の問題になりましたが……。

それにしても……この老人ホーム、圧倒的にバアサンが多い。私も、この数年、男友だちが次々と、あの世へ――。そんなことも思いながら、この映画を観た。

＊

『大地と白い雲』。

よく晴れた空に向かって、大きく深呼吸をしたような後味《あとあじ》を残してくれる映画です。

物語の舞台はモンゴルの大草原。昔は季節ごとに移動して暮らしていた遊牧民たちも、今は一カ所に定住するようになった。

若夫婦のチョクト（夫）とサロール（妻）も伝統的な遊牧民の暮らしを守り、家畜を育てて、仲むつまじく暮らしていたのだったが……チョクトは都会のもたらすものに無関心でいられない。遊牧民の仲間たちも定住生活を捨て、牧草地を売り、都会に出ていくようになっている。妻のサロールは、そんな夫の変わりようが、ちょっと気がかり。

案の定、チョクトは車を手に入れるため、サロールにはナイショで家畜を売ろうとしていた。そんな中、サロールが妊娠していたことがわかるのだが……。

冒頭からモンゴルの草原風景に目を奪われる。大きな空。ゆるやかな山なみ。大草原。駆け抜ける何頭もの馬たち……。人間が、ほんとうにチッポケに見える。人間もまた大自然の中で、フッと生まれ、フッと死んでゆく可憐な存在なのだと思わずにはいられない。

さらに男と女の違いということも考えさせてくれる。未知の世界に惹かれ、飛び出していこうとする男。よくなじんだ、平穏な定住を願う女――。それはやっぱり、女は「産む性」であることから来ているのだろうか？

モンゴルというと、一番に相撲の世界を連想せずにはいられない。白鵬はじめ照ノ富士、逸ノ城など、もはやモンゴル力士抜きには相撲は成り立たないかのようになっている。この『大地と白い雲』を見ると、彼らの頑健さ、体格の立派さも納得がいくような気がする。

監督のワン・ルイは一九六二年生まれ。「この映画では、自然でリアリティーのあるスタイルを貫きたいと思っていました。目新しさや上辺《うわべ》だけでなく……」と語っている。その通り、質実な美しさあふれる映画になっている。

◉幽霊と奇妙な三角関係◉知床の雪山に現れた「赤いやつ」

今からザッと百年前、一九二〇～三〇年代には美術の世界に大きな変革があった。アール・ヌーボー、そしてアール・デコのデザインが絵画や建築、さらにファッションでも大流行。若き日の父母の青春時代で、私など生まれてもいなかったというのに大好きで（特にアール・デコ）、妙な懐かしさのようなものを感じる。

イギリス映画『ブライズ・スピリット　夫をシェアしたくはありません！』は、そんな三〇年代後半のイギリスを舞台にした軽快なコメディ。TVムービー『ダウントン・アビー』のファンだったら絶対に楽しめるはず……。

物語はこんなふう……。一九三七年、犯罪小説家のチャールズ（ダン・スティーヴンス）は、もっかスランプにおちいっている。アイディアを得るため、霊媒師（ジュディ・デンチ）に依頼して、亡き前妻エルヴィラ（レスリー・マン）を呼び戻すための降霊会を開く。実は、チャールズの小説の多くはエルヴィラのアイディアをもとにしたものだったのだ……。

　というわけで、①作家のチャールズ、②幽霊となった前妻エルヴィラ（金髪）、③今の妻であり映画プロデューサーでもあるルース（茶髪）――この奇妙な三角関係が展開する……。

　いかにもイギリス的な皮肉味のあるユーモラスなセリフの数かず。さらに贅沢なファッションやインテリア……。モダンとクラシックが素敵に混在した時代――。上等なアンティーク・ショップめぐりをしているような気分にひたれます。

　さて、もう一本は『テーラー』。ギリシャのアテネで父と共に高級紳士服の仕立て屋をしてきた五十代の男ニコス（ディミトリス・イメロス）は職業柄か無口で、いまだに独身。ある日、銀行から店の差し押さえの通知が届き、父はショックで倒れてしまう。店を失ったニコスは、屋台《やたい》スタイルの洋装店――というのを思いつく……。
　アテネの庶民街の様子をはじめ、海の近くの港町の、人びととの暮らしぶりを見られるのが楽しい。プロの服作りのディテールも。主人公の顔はちょっとこわかったが。

*

『Shari《シャリ》』は一時間ちょっとという短さだけれど、愉しく満ち足りた気分にさせてくれる映画です。完全なフィクションではなく、ドキュメンタリー的な要素を取り入れた、虚実混沌の物語――。

舞台は北海道、知床半島の斜里《しゃり》。「世界自然遺産」に登録されたその地には、希少な野生動物が棲息し、流氷が見られることでも有名なのだが……近頃は次々と異変が起きるようになった。いわゆる地球温暖化。それを象徴するかのように、雪山に「赤いやつ」が出現。全身、赤いモフモフした毛糸状のケモノのようなもの。人間に対して害を与えることはなく、子どもたちと相撲を取ったりするオチャメなところもあるのだが……。

まず、何といっても知床の風物に目を見張る。圧倒的な清涼感。大きな空と海と陸地。世界自然遺産に登録されたのも当然と思える。「赤いやつ」という謎のケモノは、そんな大自然の命の象徴あるいは守り神のごときもののように思える。愉快な守り神。「自然」と「人間」をつなぐもの……。

やがて「赤いやつ」は山を降り、町へ出て、今どきの人間たちの暮らしぶりを知るのだが……。

童話的な話だけれど、「自然破壊」「地球温暖化」といった深刻な問題について、考えさせられる映画にもなっている。ほんと、あの雄大な、神々しいような風景・風物を見たら、「人間はちっぽけなもの、出しゃばりすぎてはいけないのだ！」と思わずにはいられない。

監督（出演も）の吉開菜央《よしがいなお》さんは一九八七年、山口県生まれ。知り合いの写真家から「知床でいっしょに映画を作らないか」と誘われ、現地の暮らしを体験した中で、この映画を作りあげたという。自然破壊を糾弾するばかりの映画ではなく、根本に立ち戻って「人間」と「自然」との関係を深く考えさせてくれる映画です。

◉大人も楽しいダークファンタジー◉花束とタバコ

ピノキオの童話は多くの人が知っているだろう。木の人形が生きた人間（少年）になって冒険をする話――。イタリア人作家のカルロ・コッローディが十九世紀末（日本では明治半ば）に書いたもので、世界中の人びとに読み継がれている。

私も子どもの頃、マンガか絵本で読んだことがあるのだけれど、断片的な記憶しかない。今回、この映画『ほんとうのピノッキオ』を観て、「いやー、童話とはいえ、こんなに濃厚で、スケールの大きな童話だったのか！」と驚いた。さすがイタリア!?

貧しい木工職人のジェペット爺さんが一本の丸太から作った人形が、なぜか命を持った少年として動き回るわ、話し出すわ。爺さんはビックリ仰天だが、愛情をこめて普通の少年のように洋服を着せ、学校にも行かせる。陽気でイタズラ好きのピノキオは、やがて冒険の旅に出る……。

少年が特殊メイクでピノキオを演じているのだが、その特殊メイクが凄い。顔から首にかけて木肌の線がたくさん描かれている。すごくリアル。トンガリ帽子と服の、深みを帯びた赤もステキだ。衣装・調度・町の景観……陰影豊か。ピノキオはじめ人間たちの大半が、「悪」の部分を持っている——というところ——さすが、ファンタジー映画とはいえ、ダークファンタジーなんですよね。ヨーロッパ映画、イタリア映画ならでは！と思わせる。

ピノキオは人間社会の「貧」も「富」も体験してゆく。巨大クジラのおなかの中まで見るハメにもなる。「ええーっ、ピノキオの話って、こんなに濃厚で、ドラマティックで、毒気たっぷりの面白いものだったんだ！」と思わずにはいられない。

衣装の数かずも、すばらしい。ピノキオの赤い服は襟元をわざと切りっぱなしにしてホツレさせているのが、妙にオシャレなアクセントになっている。妖精や金持ちお嬢ちゃんのドレスも素敵。

登場人物の大半が、ちょっとした毒気を持っている。善人はジェペット爺さんくらい？　そこも好き。

＊

『ローラとふたりの兄』は波瀾万丈のドラマティックな話では全然なくて、ごく日常的な話（ほぼコメディ）なのだけれど……何しろ舞台がフランス、しかもそこそこ裕福な三兄妹の話なので、ファッションにしてもインテリアにしても見どころ、いろいろ。ライフスタイルのディテールが、おおいに楽しめます。

物語の舞台はフランス西部の都市・アングレーム。弁護士のローラ（リュディヴィーヌ・サニエ）には、二人の兄がいる。長男の眼鏡士《がんきょうし》・ブノワと、次男の解体業者・ピエール。三人は毎月一度は集まって、亡き両親の墓参りをするのが習慣になっている……。

という時点で、私は「はあ〜」と感心。私の両親の墓は、地下鉄で五駅くらいの近さだというのに、春と秋のお彼岸の日しか墓参りをしていないので……。

長兄のブノワは三度目の結婚式を挙げ、次兄のピエールは仕事のトラブルを抱えてイラついている。

ローラは、そんな兄たちにゲンナリしながらも、やさしく気づかう。やがてローラ自身にも恋人ができるのだが……という話。

暮らしの中のディテールに、ぜひ注目してもらいたい。何といっても花束。何かにつけて花を贈り合う。その花束というのが、黄色のチューリップ（30本くらい？）を、薄茶の無地の紙で無造作に包み（といっても花はよく見えるように根元だけをおおう）、同じ薄茶のヒモで縛っていたりする。

また、ある時は二、三輪の花を、ごく小さくまとめて、ちょっとした手みやげ代わりにしたりして……。

花束ばかりではなく、タバコにも注目。けっこう平気でタバコを喫っていますね。老いも若きも。男も女も。

フランス人は、個人主義であっても案外、家族の絆をたいせつにしているように感じられるのも、ほほえましい。

ヒロインのローラを演じたリュディヴィーヌ・サニエは一九七九年生まれ。十歳の頃から映画に出演。デビュー時から見ていたので、「ああ、何という歳月！」という感慨もあり。

◉愛する者なしにはいられない◉優しい嘘

ドイツ映画というと堅くてシリアスなイメージを抱きがちだけれど、実はそうでもないんだなあと気づかされる。『アイム・ユア・マン　恋人はアンドロイド』は、若さの盛りを過ぎた女性学者とロボット（厳密に言うと高性能ＡＩのアンドロイド）の、笑いあり涙ありのラブストーリーなのだ。

ヒロインの中年女性学者アルマは研究資金が欲しくて、ある会社が秘密に行う「理想の伴侶の実証実験」を引き受ける。

それは、アルマを含めて多くの女性にとっての「理想の伴侶」を体現した高性能ＡＩアンドロイド（簡単に言うとロボットね）と三週間ほど生活をともにする――という実験なのだった。

トムと名付けられたアンドロイドは、いうまでもなく美男子。アルマの好みそうな文学の話もするわ、お世辞も言うわ、ダンスも踊るわ、家事もするわ……まさに理想のパートナー。最初はクールに距離を置いていたアルマだったが、いつしか本気モードになっていくのだったが……という話。

基本的には突飛なアイディアのコメディ。ゲラゲラというのではなくクスクスと笑わせる。どんな形でも、人は愛する者なしにはいられないのかもしれないなあ……とも思わせる（相手が人間ではなく、犬や猫やアンドロイドであったりしても）。

アンドロイドのトムを演じたのはイギリス人俳優のダン・スティーヴンス。ＴＶムービー『ダウントン・アビー』のファンだったら、とっくにご存じだろう。クールな風貌がアンドロイド役にピッタリ。表情やしぐさに硬質の「ロボット感」を漂わす。その演技も見もの。ベルリンの（たぶん）高級住宅地の清潔感、贅沢感も楽しめる。

監督は一九六三年、ドイツのハノーヴァー生まれの女の人マリア・シュラーダー。若い頃は女優として活躍。九八年から監督をつとめるようになったという。もっか撮影中の最新作は、実際にあった大物プロデューサーのセクハラ事件を題材にしたものだという。これも、楽しみ。

＊

イギリスの演劇界・映画界の大御所《おおごしょ》と言える二人――ヘレン・ミレンと・ジム・ブロードベントの競演！　なおかつ、イギリスが世界に誇るロンドンのナショナル・ギャラリーが、主な舞台になっている。しかも実際にあった話……『ゴヤの名画と優しい泥棒』これは見逃すわけにはいかないでしょう。
一九六一年のある日。ナショナル・ギャラリーから、ゴヤの名画『ウェリントン公爵』が盗まれた。世界に名だたるロンドン警視庁は、国際的なギャング集団による犯行と断定。
ところが……犯人は、ただ盗んだわけではなく、『ウェリントン公爵』の絵を人質のようにして、風変わりな要求をしてきた。「ＢＢＣ（日本で言えばＮＨＫ）の受信料を無料にしろ！」「年金老人にTVを！」と。貧しい高齢者たちの思いを代弁するような要求なのだった。たちまちロンドンの庶民たちのヒーローとなった。まさか、そのヒーローが老夫婦とは思いもせずに……。

結局、二人は逮捕されるのだが、市民の多くは二人を支持した……。四十年後というのは遅すぎるが、二〇〇〇年から、七十五歳以上の年金受給者のBBC受信料免除が決まったという。さらに、この事件にはもうひとつの「優しい嘘」があった……という話。まさに笑いと涙の物語。

一九六〇年代初頭の時代色も、おおいに見どころ。アンティック好きには、たまらないはず。そうそう、この映画には、裁判官として、私がヒイキに思っているマシュー・グード（'78年生まれ）もチラリと登場。TVムービー『ダウントン・アビー』シリーズで人気を得て、今やイギリスにとどまらず活躍。顔だちも体つきも、いかにもイギリス人らしい直線感。見逃さないで！　なあんて、よけいなお世話!?

もう1本。『ザ・ユナイテッド・ステイツ VS. ビリー・ホリデイ』も、ぜひ観てもらいたい。ビリー・ホリデイと言ったら四〇年代アメリカの偉大なジャズ歌手（日本で言ったら美空ひばり!?）。その栄光と悲惨。ズシッと胸を打つ。

◉ラナ・ゴゴベリゼ監督94歳◉味わい深い婆さんカップルの話

近頃、ありがたいことに高齢者を主役にした映画が続々と公開される。映画産業を観客として支えてきた戦後のベビーブーマーたちが高齢化しているわけだから……。

ジョージア・フランス合作映画の『金の糸』をオススメしたい。

ジョージアは以前はグルジアと呼ばれていた。ソ連の支配下にあったが、一九九一年に国民投票で独立。世界的に有名な監督オタール・イオセリアーニ（現在88歳。私は大好き！）の故国でもある。

脚本と監督をつとめたラナ・ゴゴベリゼは一九二八年生まれというから……九十四歳！

父親は政治家だったが、スターリンの大粛清によって処刑され、母親は極寒地の強制収容所に十年間の流刑という辛酸をなめたという。撮影は二年ほど前のようだが、年を感じさせない清新な映画になっている。

舞台はジョージアの首都、トビリシ。七十九歳になったエレネは、旧市街の古い家で娘夫婦と暮らしている。足を痛めているので、あまり外出はできない。単調な日々の中、突然、六十年前（！）の恋人・アルチルから電話がかかってきた。

互いに独身となった二人は電話をかけ合うようになるのだが、そこにアルツハイマーの症状が出はじめた義理の妹ミランダが引っ越してきた。やっかいなことにミランダはソ連時代には政府の高官としてイバリ散らしていたのだった。そして今もなお……。近所の人びとの中には、ミランダをチヤホヤする人もいて……という話。老境に入っても人柄のおおもとはあんまり変わらないものなんだなあ、女は女だし、男は男なんだなあとも思う。
監督は、日本の〝金継《きんつ》ぎ〟に触発されて、この映画を撮ったのだという。

「割れた器を金で修復する。金で修復された器は美しく丈夫。そんなふうに過去と和解できたら」と思って、タイトルを『金の糸』としたというのが、うれしい。トビリシの旧市街にある古い空きアパートで撮影したという。長年なじんだ感じがあるインテリアの数かずに、私はウットリ。ディープなヨーロッパの魅力！

＊

私も長い間、映画を観てきたけれど、同性愛《レズビアン》の婆さんカップルの話は、これが初めて。「エッ!? 爺さん同志のカップルだったら距離をおいて見られるけれど、婆さん同士、つまり老レズビアン・カップルの話を見るのは、何だか、抵抗があるなあ、なまなましすぎるんじゃない？」と思ったのだけれど……。

『ふたつの部屋、ふたりの暮らし』は予想に反して面白く、味わい深く観ることができた。

舞台は南仏の街。アパルトマンの最上階。廊下を隔てて、向かい合う二つの部屋に分かれて住む老女二人――ニナ（バルバラ・スコヴァ）とマドレーヌ（マルティーヌ・シュヴァリエ）は、長年、ベッドを共にする仲になっていた。その事実は誰も知らない。二人の望みは、アパルトマンを売ったオカネで、二人が初めて会った思い出の地――ローマに家を買って、いっしょに住むことだったのだが……。

シラガまじりの金髪のニナは勝ち気で自立心が強く、シラガまじりのダークヘアのマドレーヌはデリケートで、やさしい性格。子どもも孫もいる。二人の関係は、長い間誰にも知られずにいたのだったが、やがてウスウス、気がつく人も出てきて……さて、二人の運命は、いかに!?——という話。

男同士、そして女同士の「同性愛」というものに、あまり興味も縁もないのだが……見終わった時、「いいじゃないの、異性だろうが同性だろうが、人と人が深く愛し合うことは貴いことだ」——という気持ちにさせられる。

冒頭の短いシーンが、ラストで効いてくる。二人の少女が「かくれんぼ」をして遊んでいるのだが、かたほうの少女が急に姿を消す。残された少女は何かを叫んでいる……というシーンに、しみじみ。

南仏の風景、そして二人が暮らす二つの部屋の家具調度も、おおいに目を楽しませる。とりわけ、ランプシェードの使い方。隅々まで明るくせずに陰影をたいせつにするライティングなんですよね。監督・脚本は、一九八〇年イタリア生まれのフィリッポ・メネゲッティ。彼にとっては母親世代、いや祖母世代の話ということになるだろうか。

◉今さら反省◉半生を振り返り、呟くセリフ

長いコロナ禍の中で、人に会うことも少なく、家で一人で暮らすうちに、妙な気分になった。やたらと昔のことが思い出されるのだ。

長年の一人暮らしだけれど、仕事や雑事に追われて、じっくりと過去を振り返ることは少なく、先のことばかり考えてきたような気がする。恥ずかしい思い出ばかりで、我ながらゲンナリだけれど……自分をみつめ直す、いい機会になった——と、ムリにでもそう思うようにしている。

そんな回顧気分の中で、身にしみたのが、この『マイ・ニューヨーク・ダイアリー』。九〇年代のニューヨークを舞台にした「働く女」の成長物語——。

ヒロインは作家になることを夢みる文学好きの若い娘ジョアンナ（マーガレット・クアリー）。運よく老舗出版社に入社。『ライ麦畑でつかまえて』『フラニーとズーイ』などで有名なJ・D・サリンジャーの作品を担当する上司のマーガレット（シガニー・ウィーバー）のもとで働くことになる……というだけでも、凄い幸運なのだが、マーガレットは、さすがにきびしく、叱られるばかりでホメられることはない。ガックリと落ちこんでいる中で、フト、思いついたことがあり、その思いつきをコツコツ実践して行くと、やがて意外な展開に……という話。もちろんハッピーな方向に！

これが、なんと実話をもとにした映画だという。与えられた仕事をソツなくやる、それだけでも大変なのに、さらに新鮮なアイディアを持って仕事に取り組む……ヒロインのそういう情熱がサリンジャーの心を動かしたのだろう。同じように出版の世界に入りながらも、このヒロインほどの熱意や企画力を持たないくせに不満タラタラだった若き日の私……。はい、反省しました。今頃になって。

上司役のシガニー・ウィーバーは一九四九年生まれの七十二歳。あいかわらずシャープな顔立ちでカッコイイ！　クラシックとモダンが、いい感じに混在しているインテリアや街並みにも注目。

＊

ステキに古風で、なおかつ味わい深い恋愛映画『帰らない日曜日』をオススメします。

物語の舞台は一九二四年、イギリスの緑豊かな郊外の由緒ありそうな邸《やしき》。おとぎばなしのごとく“Once upon a time～”という字幕で始まるところからしてオシャレ。

その日は三月の日曜日で、イギリス中のメイドが年に一度の里帰りができるという日だったのだが、孤児の身からメイドになったジェーン（オデッサ・ヤング）には帰る家がなかった。

そこに隣家の跡継ぎのポール（ジョシュ・オコナー）から電話で「邸に来ないか」と誘われる。

ポールの邸でもメイドは里帰りしていて、誰もいない。第一次世界大戦でポールの兄は戦死。ポールは、兄の婚約者だったエマと結婚することになっていた。そんな苦しみや悲しみから逃れるようにジェーンに向かって「君は心の友だ」と言い、豪華な邸のベッドで愛し合うのだったが……。

　郊外の邸のたたずまい、インテリアや雑貨などアンティック好きにはたまらない。ポールが急用で出かけたあと、ジェーンは一糸まとわぬ姿でタバコを喫い、邸の中をさまよう。わくわくさせられる。

　心に深い傷を負ったジェーンは、のちに売れっ子の作家になるのだが……半生を振り返り、こう呟く。

「これから失うものは何もない。生まれてきた時に失われていた」「私に書かせるため、男たちは死ぬの?」……と。

そんなセリフに、私は苦笑。私は作家ではないけれど、大ざっぱなククリでは、ライターではある。人生を振り返っても、出てこないセリフだ。

ヨーロッパと日本とでは、ハダカに対する意識は、だいぶ違うものだなあ、とも思った。男性スターでもカメラに向かって平然と性器を見せられるのだ……。エライ!?

オランダで暮らしている旧友K子と、毎週末、俳句(七句)をメールで交換し合っている。暑いのでグウタラしていて、「あっ、いけない(俳句の)〆切日だ!」と気づく。その繰り返し。週末以外は俳句のことは忘れているのだ。ヘタでも〆切だけは守る。職業病かも。

K子は日本にいる頃、ある俳句結社に入っていたから本格的だけれど、私は特に俳句好きでもなく、おつきあい気分なのだけれど、なぜかエンエン続いている。いつも、サッサと七句、でっちあげる。早いのだけが、とりえ。

近くの公園からだろう、ベランダに立つとセミが、これでもか、これでもか、というほど。しつこく鳴いている。いかにも夏らしいが、うるさい。風流とも思えないまま他に何も浮かばなかったので「ベタかな」と思いつつ、

公園は命の限りセミの声

という句にしたら、意外にも選んでくれた。へえーっ、ありがたいけれど、評価の基準がやっぱりイマイチわからない。俳句交換、長年続いているのが不思議。

3　翼が生えたら

◉私の人生はいつ始まる？◉ニューヨークの地下に生きる母娘

笑いあり、涙あり……いや、やっぱり笑わせるところのほうが多いかな？『わたしは最悪。』は多くの女の人が共感できるに違いない映画です。

舞台はノルウェーの都会。ヒロインのユリヤは頭脳明晰でアート系や文学系の才能もありながら、仕事も恋もイマイチ、中途半端でパッとしないまま中年に……。

そんな中、同棲している年上の男アクセルは作家として成功。ユリヤに対して旧来の妻や母といった役割を求めている様子なのが、気にくわない。「私だって仕事への夢があるのに！」「私の人生はいつ始まるの？」——。

というわけで、ユリヤは「私の、ほんとうの人生」「私が主役の人生」をつかみとろうと、ひそかに冒険的な日々を送るようになる。そして……。

というわけで、いわゆるフェミニズム風の「自立」のような話なのだけれど……そういうイデオロギッシュな感じは全然なく、明朗な笑いを誘う。

日本人から見たら、男の「男尊女卑」指数は決して高くはない。そこそこ物わかりのいい男に思える。それでもユリヤは不満だったのだ。さすが北欧、ノルウェー人。

映画全体は十二の章で成り立っている。十二のショート・コントの、つらなりのごとく。全体は二時間八分なのだけれど、十二の章にしたことで、全体にリズム感が生まれ、ダレることがない。

先進国では、今やタバコは目のカタキとなっているわけだが……この映画、ユリヤがタバコを喫うシーンから始まり、中盤では通りがかりの若者に「タバコ、もらえる?」というシーンがある。さすがヨーロッパ。「健康」「長生き」を願ったとしても、それを絶対視はしないのだろう。

そうそう……幻覚の中に登場するトシヨリ女の裸体にギクリ。乳房がペターッと垂れ切っていて、おなかのあたり、シワシワ。もしかするとうーん、私もそれに近づいている!?

＊

映画『きっと地上には満天の星』は、楽しい話ではなくて申し訳ないのですが、とんでもない逆境にあっても、くじけず、希望の光を追い求める母と幼い娘の物語です。

時代背景はハッキリと説明されていないけれど、二〇一〇年代なのでは（あるいは、今かも）？ニューヨークの地下鉄の、さらに下に、いわゆるホームレスの人たちがネグラとして住んでいた。まるでアリのように。

主人公である母と娘も、いったい何があったのか、貧苦のはてに、地下生活者となった。母親は昼間に地上に出て、ヤクザが絡んだ〝商売〟をしている。まったくの「その日暮らし」。住まいを持てない母親にとっては、地下のほうが安全なのだ。

幼い娘リトルは、一冊の絵本でしか地上の暮らしを知らない。絵本で見た鳥のように、翼が生えたら、空を飛び回り、星を見ることを夢みていたのだが……。ある日、突然、ニューヨークの街の職員たちが、トンネル内の不法占拠者を排除することになって、リトルは母と共に初めて地上に出るのだが……という話。

もう、三、四十年ほど昔だが、ニューヨークに二度ほど旅行したことがあった。ホームレスの人たちは何人も見かけたけれど、まさか地下生活者、（しかも子連れ）というのは考えもしなかった。

まったくもって悲惨な生活だけれど、この映画は悲惨さの中にも一抹の希望が見える。清らかさが感じられる。娘役の女の子はチリチリの縮れ毛で、とてもかわいい。ボロの服を着ていても、ファッショナブル（？）に見える。そこが救い。

タイトルの『きっと地上には満天の星』という言葉を、あらためて、かみしめる。トンネル内での生活しか知らなかった少女リトルは、生まれて初めて大きな空を見たのだ。満天の星も。

生まれた時から地下生活だったリトルだけれど、きっと、やがては地上の暮らしに馴れてゆくのだろう。そして母とは違う人生を歩んでゆくのだろう。何があっても、たくましく生き抜く人生を――。そんな希望も持たせる映画です。

◉ダンスで大金を稼げ◉田中裕子の演技さすが

長いコロナ禍による引きこもり生活のせいか、それとも歳のせいだろう、過去を振り返ることが多くなった。とりわけ、十代、二十代の頃のこと。マジメ家庭に育ったのに、どこか突飛で反抗的。親に口出しされるのがイヤで、ひとり暮らしに憧れ、つかのまだけれど「家出」したことも……。

今にして思えば、親よりも友だちのほうかたいせつだったんですね。両親がいること、家族で暮らすこと……その、ありだかみがわからなかった。

アメリカ映画『Zola ゾラ』は、若き日の私とは対照的に（幸か不幸か）幼い頃から家族には頼らず、いわゆる「一匹狼」として生きてきた女たちの話。

デトロイトのウェイトレス兼ストリッパーのゾラは、ダンサー（厳密に言えばポール・ダンサー？）のステファニと出会い、すぐに意気投合。やがて二人で、ダンスで大金を稼ぐためにフロリダへと向かうのだが……。はい、世の中、やっぱり甘くなかった。危険がいっぱい。さて、二人はどうやって乗り越えてゆくのか!?――という話。

硬い言葉でいえば「女性の自立と連帯」を芯にした話なのだけれど、喜劇味もあり、救われる。ストリッパーとしての芸があり、「私はちゃんと踊って稼げる」というプライドも持っている。だから、観ていてサワヤカな応援気分になれるのだ。

さて、もう一本。『靴ひものロンド』も、断然、オススメ。一九八〇年代初頭のナポリを舞台に、ある一家の一騒動を時にシリアスに、時にコミカルに描いたもの。

主人公はラジオ番組でホストをつとめる中年男・アルド。妻・ヴァンダと二人の子ども（娘と息子）がいて、長年おだやかに暮らしてきた。ところがアルドがまさかの浮気。アルドが家を出ていっても、ラジオをつければ夫のシャベリが聴こえて、ヴァンダはムカムカしてしまう。

家庭崩壊の中でも、親から子へと伝わってゆくものは確実にあるのだった……という展開。それが、みごとに『靴ひものロンド』というタイトルにつながってゆく――。

＊

『千夜、一夜』。

毎回毎回、洋画ばかりというのも気がとがめて、今回は邦画で。

舞台は日本海の離島の港町。漁師をしていた夫は、ある日、突然、姿を消した。船で遭難したのか、家を捨てたのか、それとも何者かによって拉致されたのか？　妻の登美子（田中裕子）は、三十年経っても、一人、思い出にすがって夫の帰りを待っている。

そんな中、二年前に夫が失踪したという奈美（尾野真千子）と知り合う。彼女は登美子よりだいぶ若い。三十年間も苦しみに耐えて来た登美子とは、気持ちの持ちようが微妙に違う。そんな「温度差」を感じながらも、奈美に同情していたのだが……ある日、登美子は街中で、失踪した奈美の夫を見かけてしまう……。

日本海の離島というだけで、私なぞは、つい、北朝鮮による拉致事件かと思ってしまうのだけれど、この映画では、そのあたりは明確にしていない。それよりも、ある日、突然、「あたりまえの日常」が失われた女の心の彷徨《ほうこう》に焦点を合わせて、ジックリと描き出している。

無表情のようでいて、心のうちが微妙に伝わって来る田中裕子の演技。さすが。尾野真千子、白石加代子（!）、ダンカン、田中要次、平泉成など、傍《わき》を固める演者たちも、それぞれ、いい味を添えていて、安心して見られた。

さて、洋画ではフランス映画『秘密の森の、その向こう』を断然、オススメ。

八歳の少女ネリーは、ある日、森の中にポツンと佇む祖母の家を訪ねる。子どもだった頃の母が遊んだという森を、一人、探索していると、自分と同じ年頃の少女と出会う。その子の名前は母と同じ「マリオン」だった……。

子どもらしく、現実と空想が入り混じった話なのだけれど、違和感や甘ったるさがなく、胸にしみてくる。少女二人の（ちょっとクールな）愛らしさ。ぜひ、観てほしい。

◉新鮮マリー・クワントのミニスカート◉猫好き必見

『マリー・クワント　スウィンギング・ロンドンの伝説』。

六〇年代ロンドン——スウィンギング・ロンドンに憧れた人も多いだろう。ビートルズ、ローリング・ストーンズ、そして小枝のようにホッソリとしたファッション・モデルのツイッギーなど、最先端の若者文化が世界中に発信されていたのだった。

ファッション・デザイナーのマリー・クワントもそんな若者の一人だった。富裕層が相手の高級帽子店のお針子として働いていたものの、それには飽き足らず、プライベートでは独創的でカジュアルなファッションを楽しんでいた。

そんな彼女に一目惚れしたのが、貴族階級出身の青年、アレキサンダー。二人はやがてロンドンにブティックをオープン。ミニスカートが大ブームに……。

その時代の映像（写真、ムービー）が、たくさん残っているのがありがたい。半世紀経った今見ても、ちっとも古くさくない。シンプルで、スッキリしていて、スマートなのだ。

マリーとアレキサンダーは、やがて、服ばかりではなく化粧品にも手を伸ばしてゆく。いわゆるライセンス・ビジネス。それはやっぱり夫・アレキサンダーの「内助の功」あったればこそ……。

振り返って思えば、六〇〜七〇年代のミニスカートの大流行以後、画期的な大流行ってないような気がする。マリー・クワントのミニスカートは定番となった。

さて。スペインの鬼才、ペドロ・アルモドバル監督の『**パラレル・マザーズ**』も、おすすめしたい。

病院で同じ日に女の子を出産した二人の女の話。のちに産んだ子を取り違えたことに気づかされて……という奇抜な話だけれど、まったくありえない話でもない。

アルモドバル監督の美神（ミューズ）、ペネロペ・クルス（48歳）の衰えない美貌にも注目。話は、ちょっと複雑すぎたかな……？

＊

『**ルイス・ウェイン　生涯愛した妻とネコ**』。

私は知らなかったが、十九世紀末から二十世紀にかけて、イギリスではルイス・ウェインというイラストレーターがいて、彼の描く猫の絵が大人気だったという。

信じがたいことに、ルイス・ウェインが描く以前は、猫はネズミ退治役の生きものと軽く見られていた。それがルイス・ウェインの絵によって、俄然、多くの人びとが猫の魅力に気づかされたというのだ。

そのルイス・ウェインは、イギリスの上流階級に生まれ、絵を描くのが好きだったので、ロンドンの新聞社で挿絵画家として活躍。今で言うならイラストレーター。階層のきびしい時代の中で、妹の家庭教師をしていたエミリーに惹かれ、周囲が反対する中、結婚して幸せに暮らしていたのだが、やがて、エミリーは末期ガンを宣告されることに……。

そんな苦しい日々の中、二人の心を救ってくれたのが、庭に迷い込んだ子猫だった。二人はその子猫をピーターと名付け、心の支えにしていた。そして猫の絵ばかりを描くようになって、大成功をおさめることになるのだが……という話。

なるほどなあ、と思う。人々の心からの慰めの言葉もありがたいものの、無心の生きもの（猫であったり犬であったり）の姿が、何よりの励ましになったり、慰めになったり――ということも多いのだった。

ルイス・ウェインを演じたのはベネディクト・カンバーバッチ（はい、私、長年ヒイキにして来ました）。顔も体も直線的なんですよね。いかにも「英国紳士」という風貌。実際、名家の出身なのよね。その妻・エミリーを演じたのは、ネットフリックスの人気ドラマシリーズ『ザ・クラウン』で複数の賞を受けたクレア・フォイ。

手がたいキャスティング。

ドラマ自体ばかりではなく、世紀末の男女のファッションとインテリアに、おおいに注目。上等のアンティック店に迷い込んだ気分！というわけで……猫好き必見の映画でしょう。犬好きの私でも、さまざまな猫たちを愛らしく思ったのだから……。

◉メキシコの誘拐ビジネス◉父母との別れ思い出す

タイトルそのまんま。悪党たちに誘拐された娘を、自力で取り戻す母親の物語――『母の聖戦』。日本では金がらみの誘拐事件は、めったにないが、メキシコでは年間6万件にも及ぶ誘拐事件が起きているという。警察がまったく頼りないのだろう。

ヒロインのシエロは、中年のシングルマザー。ひとり娘ラウラが犯罪組織に誘拐された。なけなしの20万ペソの身代金を支払っても娘は帰ってこない。犯人たちは金を手に入れたうえに、娘は売り飛ばそうという魂胆なのだ。最悪。シエロは自力で娘を取り戻す決意をする。まさに「聖戦」。

シエロは情が深いばかりでなく、知的な女でもあった。軍のパトロール部隊をひきいる中尉と協力関係を結び、徹底的に犯罪組織を追跡したり監視したりして、「敵」の実態をつかんでゆくのだ。「情」に流されない「理性」の強さ。そこがカッコいい！

この映画、実話をもとにしたものだという。メキシコでは〝誘拐ビジネス〟が横行。それでも人々は「組織」の報復を恐れ、警察は頼りにならず、泣き寝入り……という状態だという。いやーっ、ジレったいですね。

ヒロインを演じた女優アルセリア・ラミレスは、意志の強さを感じさせる大人顔で役柄ピッタリ。場所はガラリと違う大都会を舞台にした映画だが、『グロリア』('80年)を思い出した。少年を守ってマフィアとたたかう中年グロリア(ジーナ・ローランズ)。中年女のたくましさとカッコよさ、そして情の深さ……名作だった。

さて、インド映画『エンドロールのつづき』も見逃せない。こちらも実話をもとにしたものだという。

インドの田舎町の少年が、珍しく街に出かけて映画を観る。生まれて初めて観る映画に少年はビックリ仰天。やがて映画ひとすじの人生に……。よくあるパターンながら、インドの田舎と都会の風物も、おおいに見もの。

＊

フランス・ベルギー合作の映画『すべてうまくいきますように』が面白い。笑いと涙。比較的裕福な一家の物語です。

物語の芯になっているのは、ソフィー・マルソー。そう、八〇年代初頭の青春映画『ラ・ブーム』のヒロインを演じ、日本でも大人気になった少女スター。その子が今や、なんと、五十六歳とは！　さすがに目尻にシワが寄るようになったものの、知的な顔立ちの熟年女性になっていた。

さて、ソフィー・マルソーが演じるのは小説家のエマニュエル。ある日のこと。昔は実業家として活躍していた父が脳卒中で倒れたという報《しら》せ。病院に駆けつけると、父は思いのほか元気でホッとする。数日後には、別居していた彫刻家の母も見舞いにやってきた……。

というわけで久しぶりの一族再会ということになるのだが。なにぶんにも個性の強い人間ばかりで、おかしな騒動が展開されてゆく。「尊厳死」というシリアスな問題も出てきたりして。はい、「笑いあり涙あり」という話です。

何しろ「おフランス」のインテリ家庭だから、服にしてもインテリアにしても、さりげなく品がいい。母親を演じたのは、昔、私が世界一のクール・ビューティと憧れていたシャーロット・ランプリング。顔も体も細身ゆえ、さすがに貧相な感じになってしまったけれど。

父親はガンコに「安楽死」を望んでいる。さて、家族はそれをどう受けとめるのか。
と書くと、シリアスな映画と思われるかもしれないが、そんなふうではないんですよね。父親は自分の運命をさとり、「（今の私は）もう私じゃない」と言って涙を流すものの、やがて、その日が来ることを受け入れる……。
スクリーンを観ながら、私自身の父との別れ、母との別れを思い出さずにはいられなかった。監督（脚本も）のフランソワ・オゾンは一九六七年生まれ。ちょうど親を送る世代になっていたのね。

◉少年と老人、本を通した友情◉タクシーで巡る老マダムの人生

今や小説だろうがエッセーだろうが、スマホやパソコンでサッサと読んでしまうのだろうが……私はダメ。やっぱり本のほうがいい。本のほうが味わい深く感じられる。本の装丁のいろいろ、ページを繰るしぐさ、読み終わって部屋のどこに安置（？）しようかと迷う楽しさ。

というわけで、イタリア映画『**丘の上の本屋さん**』を愉しく観た。舞台はイタリアの丘陵地帯の町。一軒の古書店をめぐる話――。古書店の店主・リベロは、もはや老齢。それでも、なじみの本好きたちがポツポツと店にやって来るので、やめるわけにもいかない。

なじみ客の顔ぶれが面白い。初版本のコレクターは言うまでもなく、アドルフ・ヒトラーの『我が闘争』の初版本を探しているスキンヘッドの男とか、なぞなぞ本好きの男とか、自分が出版した本を探し続けている老教授とか……。

そんなある日、一人の移民少年が店にやって来た。「ミッキーマウス」のコミックを読みたいのに、おカネは無い。店主は、ついつい「読み終わったら返しにおいで」と、本を貸してしまう……。

やがて二人は老人と孫のような親しい関係になってゆく。そして――という話。とにかく風景がいい。清らかな空気が感じられる。深呼吸した気分。「天国に近い町」という言葉も浮かぶ。

フィンランド映画『**マイヤ・イソラ　旅から生まれるデザイン**』もオススメ。

北欧を代表するファッション・ブランド「マリメッコ」の伝説的な女性デザイナーのドキュメンタリー映画。カラフルでスマート。懐かしさと共に、オシャレ心をかきたてます。昔の服や雑貨で

あっても、今見ても新鮮に感じられるところが、さすが！

＊

『パリタクシー』。

タイトル通りパリのタクシー運転手と、偶然、乗り込んできた品のいいマダム――この二人の人生が愉快に、そしてさわやかに交錯するお話。

物語はこんなふう――。パリのタクシー運転手のシャルルは懸命に働いてきたのに、運が悪く、今や免停寸前。家族に合わせる顔が無いと意気消沈していたのだが、ある日のこと、偶然、老マダム（92歳！）が乗り込んでくる。

マドレーヌという名のその老マダムは、ひとり暮らし。医師から介護施設への入居をすすめられたという。考えたあげく、施設への入居を決断。入居する前に、長い人生を過ごしたパリに別れを告げたくて、パリの街をタクシーで一巡りしたいと思ったのだった。

思い出の地を次々と訪ねてゆく中で、老マダムの長い人生のドラマが、しだいに明らかになってゆく。運転手と乗客という立ち場を超えて。二人は長年の知り合いのような、打ちとけた関係になってゆく。

二人の会話は、明朗なトーンで語られているものの、老女は少女

時代にナチスのパリ進攻も米軍のパリ解放も体験している。17歳で米兵とファースト・キスをしたという。「ウィスキー味のキスが好き」とサラッと言う92歳。運転手シャルルは、すっかり、この老女の話に惹き込まれてゆく……。

というわけで、全編、ほぼ二人芝居なのだが、窮屈さは感じられず。すっかり、打ちとけた二人。脚が弱った老マダムに、やさしく付き添う中年男シャルル。パリの街を走り回り、クラシックなレストランに立ち寄って食事を共にする場面もあり。

このオシャレおばあちゃん、タバコを喫う場面もあり。さすがフランス。アメリカ人と違って、「健康第一」より、人生を味わい楽しむことの方が好きらしい。このおばあちゃんを演じたリーヌ・ルノーの実年齢は、なんと一九二三年生まれ、撮影時92歳だったという。

◉シングルマザーの揺れる心◉初老映画監督の恋の行方

『それでも私は生きていく』。

主人公・サンドラ（レア・セドゥ。妖精少女のようだった彼女も今や37歳）は通訳者として働いているシングル・マザー。8歳の娘リンとパリの小さなアパートで暮らしているのだが、昔は哲学の教師をしていた立派な父親が神経変性疾患をわずらうようになって、さあ、大変！

その神経変性疾患とは、徐々に視力を失ってゆくのだという。サンドラは、たびたび見舞いにいくのだが……。

頭脳明晰だった最愛の父が視力と記憶を失ってゆく姿を見るのは、とても辛いことだった。そんな最悪な気分の中、サンドラは偶然、昔の友人・クレマン（メルヴィル・プポー）と出会う。彼は宇宙科学者になっていた。仕事や子育てや父親の介護に疲れ果てていたサンドラは、しだいに妻子持ちのクレマンに惹かれてゆく。

「死」を象徴するような父親と「生」を象徴するようなクレマン。サンドラがクレマンに惹かれてゆくのは当然のことなのだろう。無意識のうちに「生」に、しがみつきたいと感じていたのだろう。ホンモノの恋というわけではないのかもしれない。さて、サンドラの決断は？

サンドラの娘のリンは母親の様子を黙って見ているのだけれど、ウッスラと気づいているように思える。親子愛、異性愛——その微妙な心理が描かれてゆく。さすがフランス映画、なおかつ女性監督（ミア・ハンセン＝ラブ）ならでは、と思わせる。

さて、もう一本。アメリカ映画『TAR／ター』も必見。ドイツのベルリン・フィルで、女性として初めて首席指揮者になったリディア・ター（注・実在の人物ではない）の物語。

リディア・ターを演じるのはケイト・ブランシェット。知的な顔立ちの「演技派」なので、役柄にピッタリ。拡張高い上品映画かと思ったら、意外にも、なまなましく妖しい感触もある映画なのだった。長めの上演時間も苦にならず……。

＊

同性愛を軸にした映画には、あんまり乗れないのだけれど……フランス映画『苦い涙』には、おおいに笑わせてもらった。超オシャレで、リッチで、ユーモラスな映画です。

一九七〇年代初頭の西ドイツの街が舞台になっている。有名な映画監督であるピーター・フォン・カント（ドゥニ・メノーシェ）は家族持ちだけれど、実は同性愛者。最近、恋人（もちろん男）との関係がうまくいかず、意気消沈している。

そんな中、俳優をめざして、オーストラリアからやってきた青年アミールと出会い、ピーターはひとめ惚れ！　たちまち元気を取り戻す。アミールを自宅に住まわせ、スターとして売り出そうとするのだが……という話。ほぼ喜劇。

有名な監督とはいえ、中年、いや、初老といってもいいようなピーターが、アミールにのぼせあがる様子が笑いを誘う。まるで十代の少女のように、いちずなのだ。ピーターの忠実な助手カール（元・愛人）も妻も娘も「また始まった」とばかり、平然としている。さて、この狂恋のゆくえは……!?

アミールという「美神」を得て、俄然、創作意欲を取り戻し、活気づくのだから……のちに「苦い涙」を流すことになっても悔いることはないのでは？　実はハッピーエンドでは？――と思わせる。

リッチな芸能人という設定ゆえ、住まいのインテリアやファッションも、おおいに見もの。

フランソワ・オゾン監督は一九六七年生まれの五十五歳。監督デビューした頃は、少々、奇をてらっている感じだなあと思っていたのだけれど……今や、『すべてうまくいきますように』、そしてこの『苦い涙』――というわけで、人間を人生を、生と死を、深く見つめ、どこか明朗さを持って描き出す、立派な監督になったなあ……と思わずにいられない。

フランスのアニメ映画『**プチ・ニコラ　パリがくれた幸せ**』も断然オススメ。日本のアニメも結構だが、さすがフランス、品よくスマートな描線と色づかいにシビレる！

◉ウクライナ、ポーランド、ユダヤの三家族◉ロックなお姫様

以前だったら、ウクライナと言われても東欧のどのへんにあるのか、どんな国なのか、パッと頭には浮かばなかったのだが……今では世界中の注目を浴びるようになった。

大国ロシアに抵抗する小国ウクライナ。大統領のゼレンスキー氏は、もとコメディアン。さすがに人間味たっぷりのうえ、クールな決断力も持ち合わせている。「冷血」という言葉がピッタリのプーチン氏とは大違い。

さて、『**キャロル・オブ・ザ・ベル　家族の絆を奏でる詩《うた》**』は、第二次世界大戦下のウクライナを舞台にしたもの。ロシア（当時はソ連）とナチス・ドイツの侵攻を受け、ポーランド人とユダヤ人は迫害された。

そんな中、ユダヤ人の一家が住んでいたビルに、ウクライナ人の一家とポーランド人の一家が引っ越してくる。ユダヤ、ウクライナ、ポーランドにルーツを持つ三家族は、偏見や差別もなくおだやかに暮らしていたのも、つかのま。戦況は悪化。ソ連軍に支配されることになる。三家族の運命は、いかに⁉

なるほどなあ、他国と海を隔てた島国の日本とは大違い。ヨーロッパでは、たやすく他国を侵略

できるのだ。自分が生まれ育った国を他国に侵略されるという、心の痛み……。

そんな感慨にふけりつつも、半世紀以上前のディープなヨーロッパの街並みやインテリアやファッションに目がクギヅケ。質素であっても、安っぽさは無い。

フザケた気持ちで書くわけではないが、ドイツのナチスほど映画の世界に貢献したものは無いだろう……と思ってしまう。映画界はユダヤ系の人が多いせいもあるだろうが、実際、ナチス絡みの映画は多く、なおかつ、快作が多いのだ。

この映画のオレシア・モルグレッツ＝イサイェンコという女監督は一九八四年、ウクライナ生まれ。キーウに住んでいて、「ロシア軍のミサイル攻撃があり、ウクライナ国内で安全な場所はどこにもありません」と語っている。

＊

『エリザベート　1878』。

十九世紀末、ヨーロッパの宮廷で一番の美貌と言われたオーストリアの皇妃・エリザベートの話だけれど、甘ったるくロマンティックな話ではない。辛辣《しんらつ》で喜劇味もある、リアルな話になっている。もちろん、衣裳や調度も見もの。

時代背景は一八七七年から七八年（日本で言えば明治十年。森鷗外や夏目漱石の少年時代）。エリザベートは四十代に突入。さすがに老いを感じるようになる。美貌を誇っていただけに、ショックも大きい。「私は美人」というアイデンティティーが揺るがされてしまって、まんまと不眠症に

……。さらに最愛の馬が射殺されたり、夫（皇帝）と若い女の仲を邪推したり、実の娘からよそよそしくされたり……。というわけで、医者から「無害だから」と言われてヘロインを呑むことに——。あげくの果て、気力も体力もなくなってゆく。そして……という話。

めちゃくちゃ情けない話なのだけれど、どこか、突き抜けたおかしみもあり。悲劇のプリンセスというよりも、「このお姫様、ロックしてるーっ、ザッと百五十年ほど昔の話なのに！」と思ってしまうところもあり（51歳の頃、旅先で肩の一方に錨《いかり》のタトゥーを彫り込んでいたという）。

こんな複雑人格の女を演じたのは、演技には定評のあるヴィッキー・クリープス（'83年生まれ）。脚本・監督はマリー・クロイツァーという女の人（'77年、オーストリア生まれ）。

話が後になってしまったけれど、実は、エリザベートが主役の映画は、これが初めてではない。一九五五年、『プリンセス・シシー』というタイトルで映画化されていた。ドイツ人のロミー・シュナイダー主演で。こちらは言うまでもなく、出会いから結婚までのスイートな話——。

そうそう……懐かしのイタリア映画『ひまわり』が（一部の映画館限定だけれど）リバイバル上映されます。懐かしの立派な映画。あの、印象的なひまわり畑はウクライナで撮られたのだった……。

◉平凡な主婦の大発見◉硬派な女性映画

『ロスト・キング　500年越しの運命』。

平凡な主婦が、ふとしたことから歴史に興味を持ち、独自の推理と探索によって、歴史学者もビックリの大発見をしてしまったという実話をもとにした映画です。

主人公の主婦フィリッパ（サリー・ホーキンス）は二人の息子を育てあげ、今では夫と別居中（といっても仲が悪いわけではない）。

ある日、フィリッパは演劇の『リチャード三世』を観て感動。リチャード三世に関する本を読み、さらに「リチャード三世協会」にも入会。一気に〝リチャード三世オタク〟になってゆく。職場を無断欠勤までして、リチャード三世の死の真相の調査にのめり込む。

そんな中、「リチャード三世の亡骸《なきがら》は、大昔に取り壊されたレスターのグレイフライアーズ教会の敷地内に眠っている」という説をみつけ、興奮。歴史的文書を調べあげたり、大学の講義にも出席したり……。堂々たるアマチュア歴史家ぶりが評価され、市議会や大学から支援されるようになる。

そして、ついに！　二〇一二年八月二十五日、再発掘が行われることになる。さて、フィリッパの推測通り、リチャード三世の遺骨は出てくるのかどうか⁉——

ひとつのことに、こんなに夢中になれる人がいた。それも、若くもない中年の女の人、しかも持病（筋痛性脳脊髄炎）を抱えているというのに……と、グウタラな私は圧倒されてしまう。

と同時に、フィリッパの情熱は、もしかすると難病を抱えていたからこそだったのかも、とも思う。彼女にとって「死」は身近だったからこそ、濃縮した人生を望んでいたのかもしれないのだ。監督はベテランのスティーヴン・フリアーズ（『マイ・ビューティフル・ランドレッド』『グリフターズ 詐欺師たち』『ヴィクトリア女王 最期の秘密』など）。さすがに手がたく、メリハリもきかせた演出。八十代前半という歳だけれど、その健在ぶりを見せつけてくれた。

＊

珍しく「硬派」の女性映画を紹介したい。長い間、フランス映画界で一、二を争う活躍をしてきたイザベル・ユペール（今年70歳！）の最新作『**私はモーリーン・カーニー 正義を殺すのは誰？**』は、ひとりの中年女性が会社の労働組合の代表として、従業員（5万人！）の雇用を守るため、決死の覚悟で権力と闘う。

イザベル・ユペール演じる中年女性モーリーンは会社の労働組合の代表。ハンガリーの原子力発電所の女性組合員たちの要望を聞く旅を終えてパリ本社に帰って来ると……盟友で社長のアンヌが解任されていた！　さらに、アンヌの後任には能力のないくせに威張っている男性ウルセルが就任していた！

納得のいかない解任劇――。いったい何が!?と驚くなか、ある人物から内部告発の書類を受けとる。どうやら、ウルセルは中国と手を組み、低コストの原発を建設しようとたくらんでいるようだ……。

モーリーンとアンヌは「中国に技術を売るっていうわけ!?」と驚き、怒る。さて、この難局、モーリーンとアンヌはどう乗り切るのか?

　モーリーン役のイザベル・ユペールはブロンドの髪を後ろで結んで、黒ブチメガネ。それでもマッカな口紅や小花模様のブラウスなどで、女らしさを楽しんでいる。ヘルメットをかぶった女性従業員たちのユニホーム（白地に赤のライン）もスマートに見える。

　高校は女子校だった私——。女同士の団結に、ついウルッときてしまった。

　さて、もう一本。スロヴェニア＋イタリアの合作映画『**栗の森のものがたり**』も必見! 時代背景は第二次世界大戦が終わった頃。場所は栗の森に囲まれた、イタリアとの国境地帯のスロヴェニア。妻を失った老大工と、ゆくえ不明の夫を待つ若妻の出会い……。その映像美! ディープなヨーロッパの風物・風景・暮らしぶりが胸にしみる。

毎日新聞の「仲畑流万能川柳」という記事を好んで読んでいる。

毎回、読者からの投稿（基本的に五七五）の中から十八句を選んで掲載。読むたび、いつも、「みなさん、おじょうず」と感心する。

「怖そうな人だといいな悪い人」とか、「ジャナイデスカ　連発されて疲れ果て」とか。

中でも私は「何回目コロンボポアロシャーロック」が秀逸だと思った（投稿者は奈良の霜永一子さん）。ほんとうに、そうよね。何度見ても楽しめるのよね、犯人がわかっていても面白いのだから、やっぱりコロンボという特異な人物を造型したピーター・フォークが偉いよね。

ピーター・フォークは三歳の時に右眼に網膜芽腫というものが発見されて、眼球の摘出手術を受け、義眼をはめることになったという。片目での暮らしや演技、つらいこともあったと思う。それを逆手《さかて》に取って、コロンボという奇妙に魅力的な人物像を作りあげたのだ。

一九二七年、ニューヨークのブロンクス生まれ。二〇一一年、八十三歳で亡くなった。

あとがき

目には見えない敵――コロナ禍も、ようやく落ち着いてきたか。マスクはまだまだはずせないものの、街には活気が戻りつつある。

外出時はマスクをかけるのが習慣になって、息苦しいのは確かだけれど、顔半分かくせるのは、不快というわけでもなかった。何といっても、顔の半分をかくせるのだもの。

不思議なもので、顔の下半分をかくすと、たいていの人は二、三割端正な顔だちというか考え深げに見える。子どもの頃、時代劇マンガ（いや、映画だったかもしれない）で見た、女の人の「おこそ頭巾」に憧れた。紫色の布で頭と口もとをおおった姿。超カッコよかった。

……そんなことも思い出しつつ、コロナ禍を耐えた。

トンネル抜けたら、一気に青空と光の街――そんなイメージをかきたてながら――。

でも、マスク不用で、全面的に顔を曝《さら》け出すのは……うーん……ちょっと、つまらない!?

二〇二三年秋

著者

初出　『サンデー毎日』二〇二二年十一月六日号〜
二〇二三年十月二十九日号
『ゆうゆう』（主婦の友社）二〇二〇年二月号
〜二〇二三年十一月号（Ⅱシネマ・コラム）
各章末のコラムは書き下ろしです。

文中の写真のクレジット表記のないものは
共同通信、毎日新聞社。
文中の年齢、肩書、商品の情報等は雑誌掲
載時のものです。

装幀　重実生哉
本文レイアウト　菊地信義
イラストレーション／句　中野翠

《著者紹介》
中野　翠（なかの・みどり）
早稲田大学政治経済学部卒業後、出版社勤務などを経て文筆業に。1985年より『サンデー毎日』誌上で連載コラムの執筆を開始、現在に至る。著書に『いつか見た青空は』『まさかの日々』『小津ごのみ』『この世は落語』『いちまき　ある家老の娘の物語』『コラムニストになりたかった』など多数。

何《なに》が何《なん》だか

印刷　2023年12月 1 日
発行　2023年12月15日

著者　中野《なかの》　翠《みどり》
発行人　小島明日奈
発行所　毎日新聞出版
〒102-0074　東京都千代田区九段南1-6-17
千代田会館5階
営業本部：03(6265)6941
図書編集部：03(6265)6745
印刷・製本　中央精版印刷

ISBN 978-4-620-32798-3

JASRAC 出 2308691-301